新訳

# ナルニア国物語2



C・S・ルイス
河合祥一郎＝訳

角川文庫
22299

*The Chronicles of Narnia,*
*Prince Caspian: The Return to Narnia*
*by C. S. Lewis 1951*

# 目次

# 登場人物

ルーシー
四人兄妹のいちばん下の妹。
古代ナルニアの女王。最初の扉を開く。

カスピアン王子
現ナルニアの王子。
叔父のミラーズ王に命を狙われている。

エドマンド
四人兄妹の次男。古代ナルニアの王。
かつて兄妹を裏切ったが、今は和解している。

スーザン
四人兄妹の長女。古代ナルニアの美しき女王。
弓の名手。

ピーター
四人兄妹の長男。ナルニア史上最大の英雄王。
剣の達人。

トランプキン
王子の仲間の赤こびと。
四人に命を救われる。

コルネリウス博士
王子の家庭教師。実は秘密がある。

トリュフハンター
王子を助けた、物言うアナグマ。

ニカブリック
黒こびと。王子を怪しんでいる。

ミラーズ王
現ナルニアの王。王子の父を殺した。

アスラン
聖なる森の王で最強のライオン。

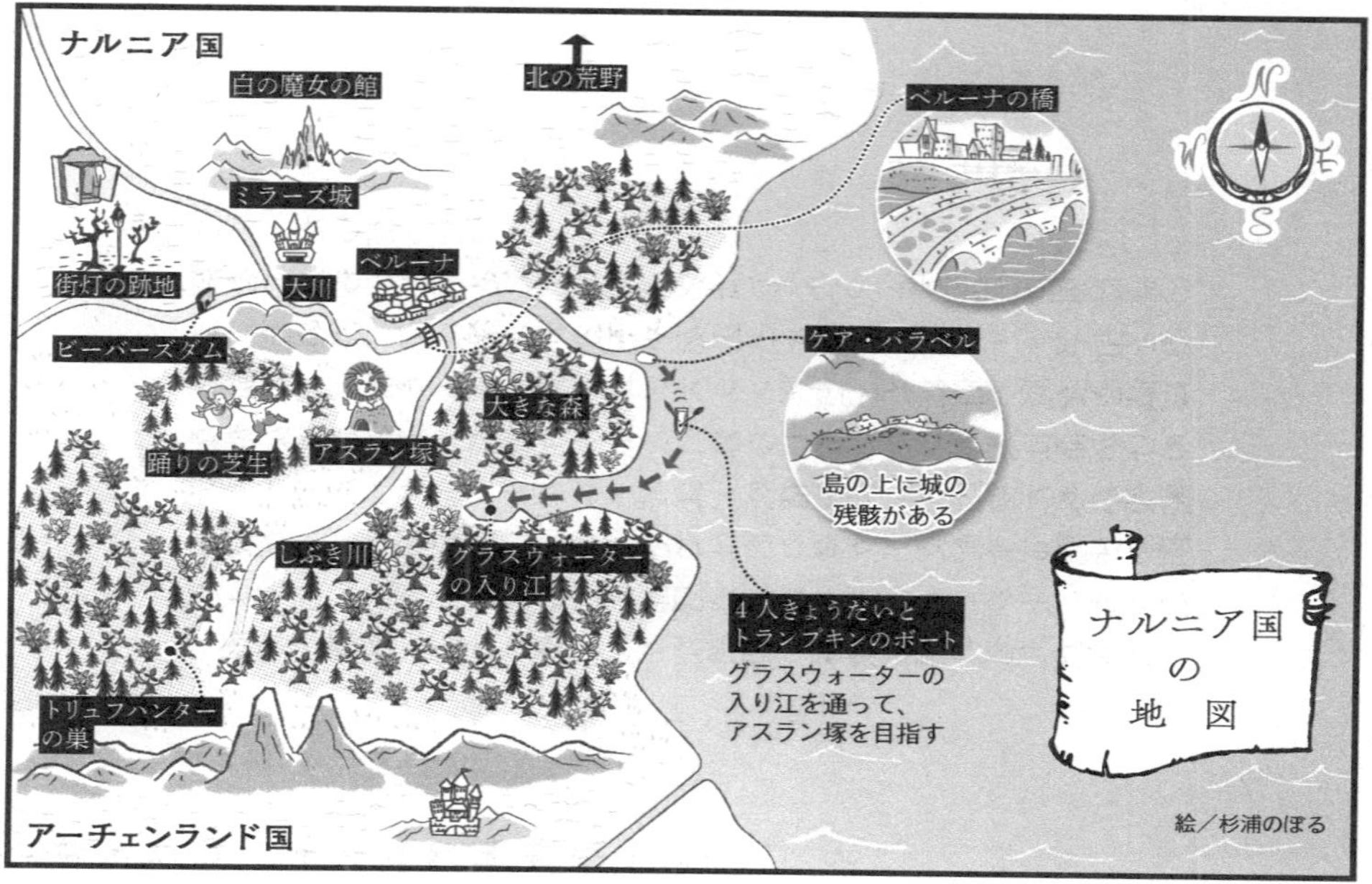

ナルニア国
白の魔女の館
北の荒野
ベルーナの橋
ミラーズ城
ベルーナ
街灯の跡地
大川
ビーバーズダム
ケア・パラベル
大きな森
アスラン塚
踊りの芝生
島の上に城の
残骸がある
しぶき川
グラスウォーター
の入り江
4人きょうだいと
トランプキンのボート
グラスウォーターの
入り江を通って、
アスラン塚を目指す
ナルニア国
の
地　図
トリュフハンター
の巣
アーチェンランド国
絵／杉浦のぼる

# これまでの『ナルニア国物語』

両親と離れ、田舎の風変わりな教授の屋敷に預けられた四人のきょうだい。埃だらけの空き部屋で、末っ子のルーシーが大きな洋服だんすの扉をあけると、そこは白の魔女が支配する魔法の国ナルニアだった！　ナルニアでは、妖精《ニンフ》や物言う動物たちが残酷な魔女におびえ、かくれるように暮らしていた。四人は命がけの冒険の末、聖なるライオン《アスラン》とともに白の魔女を滅ぼす。その後、民に愛される王や女王となり、ナルニアに平和と幸福をもたらした。そして、ひょんなことから、また元の世界に帰っていったのだった。

－新訳－

# ナルニア国物語

2

カスピアン王子

# 第一章

## 島

昔、ピーター、スーザン、エドマンド、ルーシーという名前の四人の子どもがいた。この四人がすばらしい冒険をした話は、『ライオンと魔女と洋服だんす』という本に記した。四人は、魔法の洋服だんすの扉をあけて別世界へ行き、ナルニアという国の王さまと女王さまになったのだ。ナルニアにいたあいだ何年も何年も王座についていたはずなのに、その後また扉を通ってイングランドに帰ってきてみると、なぜかまったく時間がたっていなかった。ともかく、四人がいなくなっていたことに気づいた人はだれもいなかったし、子どもたちも、ただひとりのとてもかしこい大人に話しただけで、だれにもそのことを話さなかった。

それから一年がたった。今、四人は、鉄道の駅のベンチにすわっており、まわりにはトランクやら私物を入れておく箱やらが積みかさなっていた。実は、これから寄宿学校へ帰るところなのだ。みんなでこの乗り換え駅までやってきたのだが、あと数分もすると、女の子たちの学校へ行く汽車が到着し、三十分ほどすると男の子たちの学校へ行く汽車が来る。四人いっしょにやってきたここまでの道すがらは、まだ夏休みがつづいているみたいで楽しかったが、こうしてさようならを言って別のところへ行くとなると、お休みが本当におしまいになって学校がはじまってしまうんだなあという気がした。みんな、なんだか憂鬱《ゆううつ》で、なにを言ってよいかわからなくなっていた。ルーシーにとっては、初めての寄宿学校だった。

その田舎の駅はがらんとして気だるく、四人のほかはあまり人がいなかった。ふいにルーシーが、ハチにさされたかのように、キャッと小さな悲鳴をあげた。

「どうした、ルー？」と言ったエドマンドも、ふとだまったかと思うと、「うわっ」とさけんだ。

「いったいぜんたい――」と、ピーターが言いかけたが、やはり急にようすが変わって、こう言った。

「スーザン、はなせよ！　なにしてるんだ？　どこへ引っぱろうっていうんだ？」

「私、さわってないわよ」と、スーザン。「だれかが、私を引っぱってるのよ。あら――あら――あら――やめて！」

みんな、たがいの顔が真っ青になっているのに気がついた。

「ぼくも同じ感じがする」と、エドマンドが息をのんで言った。「引っぱられている。すごい力で――うわあ！　まただ。」

「あたしも」と、ルーシー。「ああ、もうだめ。」

「気をつけろ！」エドマンドがさけんだ。「手をつないで、いっしょにいよう。これは魔法だ――感じでわかる。さあ！」

「そうね」と、スーザン。「手をつなぎましょう。ああ、やんでくれないかしら――きゃ！」

つぎの瞬間、荷物も、ベンチも、駅のプラットフォームも、なにもかもすっかりなくなってしまった。四人の子どもたちが手をつないでハアハアと息を切らしながら立っていたのは、どこかと思えば、なんと森のなかだったのだ。うっそうとしていて、枝がちくちくと体にぶつかり、動きがとれない。みんな目をこすって、大きく息を吸った。

「ねえ、ピーター！」ルーシーがさけんだ。「ひょっとして、ナルニアに帰ってきたんじゃない？」

「なんとも言えないな」と、ピーター。「こんなに木ばかりじゃ、少し先も見えないよ。どこか広いところに出られないかな。」

四人はイラクサやイバラのとげにひっかかれながら、なんとかしげみからぬけ出た。すると、またもやびっくりしてしまった。どこもかしこもパッと明るくなり、数歩歩いただけなのに森のはしっこまで来ていて、目の前には砂浜がひろがっているのだった。数メートル先にはとてもおだやかな海があり、さざ波がさらさらという音さえたてずにそっと砂浜にうちよせていた。海は見わたすかぎり陸地がなく、空には雲ひとつない。太陽は朝の十時ごろと思われるあたりにかがやき、海はまばゆいばかりの青一色だった。みんなは立ったまま、潮の香りを吸いこんだ。

「すごいや！　なかなかいいね」と、ピーター。

五分もすると、みんな、はだしになって、冷たくてきれいな水に足をひたして歩いていた。

「ぎゅうぎゅうの列車に乗って、ラテン語やフランス語や代数の教室にもどるより、ずっといいね！」と、エドマンドが言った。そのあと長いあいだ、四人は話もしないで、ただパシャパシャと水をはねちらかしながら、小エビやカニを追いかけまわして遊んでいた。やがてスーザンが声をあげた。

「だけど、これからどうするか考えなくちゃ。そのうちにおなかがすいてくるわよ。」

「お母さんが作ってくれたお弁当のサンドイッチがあるよ。少なくとも、ぼくのは、ある」と、エドマンド。

「あたしのはないわ。小さな手さげに入れておいたから」と、ルーシー。

「私のも」と、スーザン。

「ぼくのは、浜辺においてあるコートのポケットに入ってる」と、ピーターが言った。

「てことは、四人でふたり分のお弁当か。あんまりうまい具合じゃないね。」

「今は、食べるより、なにか飲みたいな」と、ルーシー。

ほかのみんなも、のどがかわいていた。熱い日ざしを浴びて海で水遊びをすれば、たいていのどがかわくものだ。エドマンドが言った。

「なんか難破した人みたいだね。本を読むと、難破した人はいつも、きれいな清水の湧く泉を島に見つけるんだ。」

「あのうっそうとした森にもどるってこと？」と、スーザン。

「そうじゃないさ」と、ピーターが言った。「もし川があれば、海に流れこむはずだろ。だから、この浜辺をずっと歩いていけば、川にぶつかるはずだよ。」

こうしてみんなは海から砂浜へあがることにした。波打ち際のぬれた砂はなめらかで心地よかったのだが、砂浜のかわいた砂はぼろぼろと足の指にくっついてきたので、靴下と靴をはくことにした。エドマンドとルーシーは、靴なんかほっぽらかして、はだしで探検したがったが、スーザンが「ばかなことをしちゃだめ」と、しかった。

「二度と靴が見つからなくなるわよ。夜になって冷えてきてもまだここにいるとしたら、靴がないとこまるでしょ。」

四人は、身じたくができると、左手に海を見ながら海岸を歩きはじめた。右手は森だ。ときどき海カモメが飛んでいるのを別にすれば、とても静かなところだった。森はうっそうとしげっていたので、なかのようすは見えず、動くものはなかった。鳥どころか虫さえもいないようだった。

貝がらや海藻を見つけたり、イソギンチャクや岩場の水たまりにいる小さなカニを見たりするのは楽しいのだが、のどがからからにかわいていると、そうしたものにもあきてくる。さっきの冷たい海水が気持ちよかっただけに、熱い砂浜では足どりも重くなってきた。スーザンとルーシーは、レインコートをかかえていた。エドマンドは、魔法につかまる前に自分のコートを駅のベンチに置いてきたので、ピーターの重たいコートをかわりばんこに持つことにした。

やがて砂浜は、右へまるく弧をえがくように曲がっていった。十五分ほど歩いて、海へつき出た岬のような岩場の尾根をこえてみると、砂浜はさらに急角度で曲がっていた。今や、森から初めて出てきたときに見えた海を背にして進んでいるのだ。そして、前のほうを見ると、海のむこうに別の岸が見えてきた。これまで探検してきた岸と同様に、うっそうとした森がある。

「あれって島かな。それとも、こっちとつながってるのかな？」と、ルーシー。

「わからないね。」ピーターがそう答えると、みんなはだまって歩きつづけた。

みんなが歩いていた砂浜は、どんどんむこう側の岸に近づいていき、岬をまわるたびにこんどこそつながるだろうと思われた。ところが、いつまでたってもつながることはなく、みんながっかりした。やがて岩にのぼると、そこからかなり遠くまで見晴らせた。そこへあがったエドマンドが言った。

「なあんだ！　だめだよ。あっちの森には絶対行けないや。こっちは島だぜ！」

そのとおりだった。岩の上から見ると、四人がいる側とむこう側は海をはさんでほんの三、四十メートルしかはなれておらず、ここがむこう岸といちばん近いところだとわかった。このあと、こちら側の岸はまた右へ曲がり、むこうの本土とのあいだの海はさらに大きくひろがっていた。四人がこれまでに島を半分以上ぐるりとまわってきたことは、明らかだった。

突然、ルーシーが声をあげた。

「見て！　あれ、なに？」ルーシーが指さしたのは、こちらの浜辺にのびている、長くて銀色の蛇のようなものだった。

「小川だ！　小川だ！」ほかの三人がさけんで、つかれていたにもかかわらず、大急ぎで岩をドタドタと駈《か》けおりて、新鮮な水まで競走した。

みんな、水は上流のほうがおいしいと知っていたので、森から流れ出ているところまで行った。木々は相変わらず密に生いしげっていたが、川はコケでおおわれた高い土手のあいだを流れていたので、身をかがめれば、葉っぱのトンネルをくぐって上流へ行くことができた。子どもたちは、茶色い地面に池のようにひろがった水たまりを初めて見つけると、さっそくそのそばにひざをついて、すくっては飲み、すくっては飲んで、顔を水につけ、それからひじまで腕を水にひたした。

「さてと、あのサンドイッチはどうする?」エドマンドがみんなにたずねた。

「とっておいたらどうかしら?　あとで、今よりも必要になるかもしれなくてよ」と、スーザン。

「のどがかわいてたときは、あんまりおなかすいてるって思わなかったのにね。水を飲んでも、そんなこと忘れたままだったらよかったんだけど」と、ルーシー。

するとエドマンドがくりかえした。

「で、サンドイッチはどうするんだよ?　悪くなるまでとっておいてもしょうがないよ。ここはイングランドよりも暑いってことを忘れちゃだめだ。それに、もう何時間もポケットに入れっぱなしだろ。」

そこでお弁当ふたつを取り出して、四人で分けることにした。だれもおなかがいっぱいにはならなかったが、なにもないよりは、ずっとましだった。それから、つぎの食事をどうするか、みんなで話しあった。ルーシーは海へもどって小エビをとりたいと提案したが、網がないよと言われてしまった。エドマンドは、岩場のカモメの巣から卵を集めようと言ったが、考えてみればカモメの卵なんて見かけなかったし、かりに見つけても料理ができなかった。ピーターは、よっぽど運がよくならないかぎり、そのうちよろこんで卵を生で食べることになるんだろうなと思ったが、それを口に出してもしかたがないと思ってだまっていた。スーザンは、あんなにすぐサンドイッチを食べなければよかったのよと言った。それを聞いて、ひとりかふたりが怒りだしそうになったが、ついにエドマンドがこう言った。

「いいかい。やるべきことはひとつだ。森を探検するんだ。仙人とか、さすらいの騎士とかそういう人は、いつだって森のなかでなんとか生きのびるだろ。ねっことか、木の実とか見つけてね。」

「ねっこって?」スーザンがたずねた。

「木の根っこのことでしょ。」ルーシーが言った。

「よし」と、ピーターが言った。「エドの言うとおりだ。なんとかしなくちゃ。熱い日ざしのなかへ出るよりは、森のなかに入ったほうがましだしね。」

こうして四人は立ちあがり、川に沿って上流を目指した。これは、なかなかたいへんだった。身をかがめて枝の下をくぐったり、枝をのりこえたりしなければならなかったし、シャクナゲのような大きなしげみをごそごそかきわけて服を破いたり、川で足をぬらしたりもした。それでもあたりはしーんとしていて、聞こえてくるのは川のせせらぎと、自分たちがたてる音だけなのだった。かなりうんざりしてきたところで、あまい香りがしてきた。見あげると、右手の土手の上、頭上高くに、明るい色がちらりと見えた。

「ねえ！　あれ、りんごの木だと思うわ」と、ルーシーがさけんだ。

そのとおりだった。みんなは急な土手を息せききってのぼり、野バラのしげみをかいくぐって、古い木のまわりに立った。大きな黄色っぽい金色のりんごがどっさり生《な》っている。ひきしまっていてみずみずしく、見るからに、おいしそうだ。

エドマンドは、りんごをもぎとると、口いっぱいに、ほおばりながら言った。

「りんごの木はこれだけじゃないね。あそこ、見て――あっちにも。」

スーザンは最初に食べおわったりんごのしんを投げ捨てると、「へえ、何十本もあるわね。果樹園だったのね、ここ、ずうっと昔は。荒れ果てて、森になってしまう前は」と言いながら、ふたつめのりんごをとった。

「じゃあ、昔は人が住んでた島だったってことだ」と、ピーター。

「あれはなあに？」ルーシーが、前のほうを指さした。

「うわあ、壁だよ。古い石の壁だ」と、ピーター。

かさなった枝のあいだをかきわけて、四人は壁のところまでやってきた。壁はとても古くて、ところどころこわれており、コケやニオイアラセイトウの花におおわれていたが、かなり高くそびえていて、いちばん背の高いりんごの木ぐらいあった。壁の間際まで近よってみると、大きなアーチ形の門があった。昔は扉がついていたにちがいないだろうが、今ではいちばん大きなりんごの木が門をふさいでいた。通りぬけるには、枝を何本か折らなければならなかったが、門からなかへ入ると、日ざしが急に明るくなったので、四人は目をぱちくりさせた。そこは、壁に四方をかこまれた広場だった。木はなく、ただ地面に草やヒナギクが生えていて、ツタの這《は》った灰色の壁があるきりだった。明るく、ひっそりと静かなところで、やけに悲しい感じがした。広場のまんなかへ出てみると、ようやく背のびができて、手足を大きく動かせたので、みんなほっとした。

## 第二章

# 古《いにしえ》の宝の館《やかた》

やがてスーザンが言った。

「ここ、ふつうのお庭じゃないわね。これはお城で、ここはその中庭だったんだわ。」

ピーターがうなずいた。

「なるほど、そうだね。あそこにあるのは、塔の残骸《ざんがい》だ。それに、ここにあるのは、城壁の上まであがる階段だったんじゃないかな。あっちの階段を見てごらんよ——幅がひろくて段差の小さい階段が入り口までつづいてる。大広間に入る入り口だったんだろうな。」

「ずっと昔は、そうだったんだろうね」と、エドマンド。

「そう、ずっと昔だ。このお城にだれが住んでいたのかわかったらいいのになあ。どれくらい前のことだったのか」と、ピーター。

「なんか、ここって、へんな感じがする」と、ルーシー。

「感じるかい、ルー？」ピーターはふりかえると、ルーシーをじっと見つめて言った。

「実は、ぼくもなんだ。今日はおかしな日だけど、これがいちばんへんな感じだね。ここはどこで、いったいどういうことなんだろう？」

四人はしゃべりながら中庭を通り、もうひとつの入り口をぬけて、昔大広間だったところへ入った。そこは屋根がとっくになくなっていて、草やヒナギクが生えているだけだったので、まるでそこも中庭のように見えた。ただ、さっきほどの奥行きや幅はなく、壁が高くなっていた。奥のほうの壁には、テラスのようなものがあった。地面より一メートルほど高くなっているのだ。

「ほんとに大広間だったのかな、ここ？　あのテラスみたいなのは、なに？」と、スーザン。

「ばかだな、わからないのかい？」ピーターが、どういうわけか興奮して言った。「これは、王さまや貴族たちが食事をしたテーブルがあった高座じゃないか。ぼくら自身が王や女王として、大広間のこんなふうな高座で食事をしたことを、まさか忘れたわけじゃないだろ。」

「ナルニアの大きな川の河口にあった、私たちのケア・パラベルのお城でね。」スーザンが夢見るような、歌うような声でつづけた。「忘れるもんですか。」

「思い出してきたわ！」ルーシーが声をあげた。「今、ケア・パラベルにいる気分。この大広間は、あたしたちがお食事をした大広間みたいなところだったんだわ。」

ってきたよ。かげがこんなに長くなってる。もう暑くなくなってるって気づいてた?」

「残念ながら、今は、食事はないけどね」と、エドマンド。「それに、時間がおそくな

「ここで夜をすごすなら、キャンプファイアでもしなきゃね」と、ピーター。「マッチは持ってる。かわいた木を集められるかやってみよう。」

そうしたほうがよいとわかったので、みんな三十分間せっせと働いた。この廃墟《はいきょ》へ来るとき最初に通った果樹園では、たきぎはあまり集まらなかった。城の反対側にも行ってみようということになって、わきの小さな戸口から大広間を出て、石ででこぼこした迷路のようになっているところを通った。そこは今でこそイラクサや野バラでおおわれていたが、昔は廊下や小部屋だったところにちがいなかった。その先の城の壁に大きな裂け目があって、そこをふみこえると、大木のしげる暗い森があり、枯れた枝や、くさった木や、かわいた枯れ葉や、松ぼっくりが、どっさり落ちていた。それをたくさんかかえて行ったり来たりするうち、高座には、たきぎが山づみになった。五回めに行ったとき、大広間のすぐ外に井戸を見つけた。雑草にかくれていたのだが、草をとりのぞいてみると、きれいで新鮮な水が奥深くにたまっていた。井戸のまわりには、半円をえがくように石がずらりとしきつめられていた。それから女の子たちはもっとりんごを採りに出かけ、男の子たちは高座にあがり、壁と壁にはさまれた角《かど》に近いところで火をおこした。そこがいちばん居心地よく暖まれるだろうと思ったのだ。

はじめはなかなか火がつかず、マッチをたくさん使ってしまったが、最後にはなんとか火がついた。ようやく四人は、壁を背にしてすわり、火にあたった。りんごを棒の先にさして焼きりんごにしてみたが、焼きりんごは砂糖がないとおいしいものではない。それに熱すぎると、持って食べられなかったし、冷めると食べる気がしなかった。そこで生のりんごをかじることにしたが、まずいと思っていた学校の給食もそれほど悪いものではなかったというエドマンドの言葉に、みんなうなずいた。

「マーガリンがついただけの分厚いパンでも、今ならよろこんで食べるよ。」

けれども、みんなすっかり冒険する気分になっていたので、だれも学校にもどりたいとは思わなかった。

最後のりんごを食べおえると、スーザンはすぐにもう一度、井戸へ飲み水をくみに行った。帰ってきたとき、手になにかを持っていた。

「見て。」スーザンは声をつまらせて言った。「井戸のそばにあったの。」

スーザンは、それをピーターにわたすと、となりにすわった。今にも泣きだしそうな声と顔をしていることに、ほかの三人は気づいた。エドマンドとルーシーは、ピーターの手になにがあるのかと、身を乗り出してのぞきこんだ。

小さな明るいものが、たき火の光にきらめいた。

「まさか——信じられない。」

ピーターも、すっとんきょうな声をあげると、ほかのふたりにそれをわたした。

みんな、それがなにかわかった。チェスの騎士《ナイト》のコマだ。ふつうの大きさだが、純金製なので、とても重たいものだった。馬の目には、かなり小粒のふたつのルビーがはめこまれているはずだったが、そのひとつが取れて、なくなっていた。

「まあ！」ルーシーが言った。「あたしたちが、ケア・パラベルで王と女王だったときに、遊んだチェスの金のコマにそっくりだわ。」

「元気を出せよ、スー。」ピーターは、もうひとりの妹に言った。

「しょうがないわよ」と、スーザン。「思い出しちゃったんですもの——ああ、あのとってもすてきだったころのこと。フォーンや気立てのいい巨人さんたちとチェスをしたり、人魚たちに海で歌ってもらったり。私の美しい馬がいて——それから——それから——」

「いいかい」と、ピーターが声の調子をすっかり変えて言った。

「そろそろ、四人とも頭を働かせなくちゃ。」

「なにに？」エドマンドがたずねた。

「ここがどこだか、だれもわからないのかい？」と、ピーター。

「教えて、教えて」と、ルーシー。「ずっとこの場所には、なにかすてきな秘密があると思ってたの。」

「言えよ、ピーター。みんな、聞いてるぜ」と、エドマンド。

「ここは、まさにケア・パラベルそのものの跡地だよ」と、ピーター。

「だけどさ。」エドマンドが言い返した。「そんなこと、どうしてわかる？　ずっと昔に荒れ果てたところだぜ。門をふさいで生えてるあのでかい木を見ろよ。このぼろぼろの石も。もう何百年も人っ子ひとり住んでなかったことはすぐわかる。」

「そうだ。」ピーターは言った。「そこがむずかしいところだ。だが、その点はしばらくおくことにしよう。ひとつひとつたしかめていきたい。まず第一に――この大広間は、ケア・パラベルの大広間とまったく同じ形で、同じ大きさだ。屋根があると想像してごらん。雑草のかわりに色あざやかな床があって、壁にはタペストリーがあって……ぼくらの宴会場になるだろ。」

だれも、なにも言わなかった。ピーターはつづけた。

「第二に、この城の井戸は、まさにぼくらの井戸があった場所にある。大広間のやや南よりだ。しかも、同じ大きさ、同じ形。」

こんども、返事をする者はなかった。

「第三――スーザンが見つけたのは、ぼくらの古いチェスのコマだ。少なくとも、それとうりふたつのものだ。」

やはり、だれもなにも言わない。

「第四。おぼえてないかい――カロールメンの王さまからの使節が来た前の日だった――ケア・パラベルの北門の外に果樹園を作ったろう？　森の精のなかでもいちばんえらいポモナがやってきて、よく育つように、おまじないをしてくれたじゃないか。実際に地面を掘ってくれたのは、とてもまじめな小さなモグラくんたちだった。モグラのリーダーの、あのおかしなリリーグラブズのやつが、スコップによりかかりながら、こう言っていたのを忘れちまったのかい。『まったくもって、陛下、いつかここにりんごの木を植えてよかったとお思いになる日が来ますよ』って。実際、そのとおりになったってわけさ。」

「おぼえてるわ、おぼえてる！」ルーシーが、手をたたいて言った。

「だけどさ、ピーター」と、エドマンド。「そんなの、ばかげてるよ。そもそも門をふさぐような木なんか植えなかったぜ。そんなばかなこと、しちゃいない。」

「もちろん、そうだ。」ピーターは言った。「だけど、そのあと、門のところまでのびてきたのさ。」

「それに、ケア・パラベルがあったのは島じゃない。」

「うん。そいつは、ぼくもずっと考えてたんだ。だけど、ケア・パラベルがあったのは、なんていうか、半島だっただろ。かなり島に似ていた。ぼくらの時代のあとで島になったってことはないかな？　だれかが海峡を掘ったんだ。」

「ちょっと待てよ！」エドマンドは言った。「さっきから『ぼくらの時代』って言ってるけど、ぼくらがナルニアからもどって一年しかたってないぜ。その一年のあいだに、城がこわれて、大きな森が育って、ぼくらが植えた小さな木が大きな古い果樹園になって、そのほかなにがどうなったって言うのか知らないけど、そんなの、ありえないよ。」

「あのね。」ルーシーが言った。「もしここがケア・パラベルなら、高座のこっちのはしにドアがあるはずよ。今、あたしたちがよっかかってるちょうどここんところに。ほら――宝の部屋に入るドアよ。」

「ドアなんて、なさそうだな。」ピーターが立ちあがりながら言った。

みんなの背後の壁は、ツタでびっしりとおおわれていた。

「すぐにわかるさ。」

エドマンドが、火にくべるために用意してあったたきぎの山から棒を一本取って、ツタでびっしりおおわれた壁をたたきはじめた。石に当たってコツコツと音がし、またコツコツ。それから急に、ボンボンという、まったくちがう、木に当たったようなうつろな音がした。

「びっくりだ！」エドマンドが声をあげた。

「このツタをどけよう」と、ピーター。

「あら、ほっときましょうよ」と、スーザン。「明日《あした》の朝、やればいいわ。今晩ここに泊まるなら、うしろにドアがあったり、なにが出てくるかわからない大きな暗い穴なんてあったりしてほしくないもの。すきま風が吹いて、じめじめするのも嫌だし。もう暗くなるのよ。」

「スーザン！ なんでそんなこと言うの？」ルーシーが責めるような目をむけた。けれども、男の子ふたりは、すっかり夢中になっていて、スーザンの忠告など耳に入らない。両手でツタをむしりとったり、ピーターのポケットナイフで切ったりして、ついにナイフがだめになると、こんどはエドマンドのナイフを使った。やがて、みんながすわっていた場所はツタだらけになり、とうとうドアが現れた。

「もちろん、鍵《かぎ》がしまってるね。」ピーターがそう言うと、エドマンドが応《こた》えた。

「でも、木がすっかりくさってるから、あっというまにこなごなになるさ。そしたら、たきぎもよけいにできるし。さあ、かかろうぜ。」

ドアをこわすのに思ったより時間がかかってしまい、おわるころには、大広間はうす暗くなっていた。空には、一番星や二番星がまたたきはじめていた。男の子たちは、くだいた木っぱの山のむこうに立ち、手からよごれをこすり落としながら、目の前にできた冷たくて暗い穴をじっと見つめた。そのとき、ぶるぶるっと体がふるえたのは、スーザンだけではなかった。

「こんどは、たいまつだ」と、ピーター。

「ねえ、そんなことしてなんになるの？」と、スーザン。「エドマンドが、さっき言ってたように――」

「もう言ってないよ。」エドマンドがさえぎった。「まだわからないけど、その話はあとにしてもいいんじゃないかな。ピーター、いっしょに行くよね？」

「もちろんだ」と、ピーター。「元気を出せよ、スーザン。ナルニアにもどってきた以上、もう子どもみたいにふるまってもしょうがないよ。きみは、ここでは女王なんだ。それに、こんな謎があったら、気になって眠れやしないよ。」

　みんなは長い棒をたいまつとして使おうとしたが、うまくいかなかった。火のついたほうを上にすると消えてしまい、かと言って、さかさに持つと、手をやけどして、煙が目に入ってしまう。最後には、エドマンドの懐中電灯を使わなければならなかった。うまい具合に、つい一週間前に誕生日プレゼントとしてもらったもので、電池も新品同様だった。エドマンドが懐中電灯を持って先に入った。それから、ルーシーにつづいてスーザンが入り、ピーターがしんがりをつとめた。

「今、下へおりる階段のいちばん上のところにいるよ」と、エドマンド。

「段を数えてみろ」と、ピーター。

「一――二――三。」エドマンドは注意深く段をおりながら、十六まで数えて、「十六で、下まで来た」と、大声で返事した。

「じゃあ、やっぱりケア・パラベルなんだわ」と、ルーシー。「十六段だったもの。」

それきり、四人が階段の下にならぶまで、だれも口をきかなかった。それから、エドマンドが懐中電灯でゆっくりあたりを照らした。

「うわ――うわ――うわ――うわあ！」みんな、いっせいにさけんだ。

ここが、かつて四人がナルニアの王や女王として統治していたケア・パラベルの古い宝の部屋にまちがいないと、今こそはっきりしたのだ。温室のように中央に通路があり、両側には宝物を守る騎士のように、りっぱな鎧兜《よろいかぶと》がひとそろいずつ、ところどころに立っていた。通路のどちら側にも、鎧兜《よろいかぶと》のあいだに、幾段もの棚があって、貴重品がぎっしりならべられている――首飾り、腕輪、指輪、金杯、皿、長い象牙《ぞうげ》、ブローチ、宝冠、金の鎖《くさり》、そして、ダイヤ、ルビー、ざくろ石、エメラルド、トパーズ、紫水晶といった宝石が、台座にもはめられず、ビー玉かじゃがいもであるかのように山と積まれていた。棚の下には、鉄の棒で補強された大きな木箱が、重たい錠前をおろしてならんでいた。かなり寒くて、しんとしていて、たがいの息づかいが聞こえるほどだった。宝物は厚いほこりでおおわれていたので、そこに宝物があるとわかっているか思い出すかしなければ、このほこりだらけのものが宝物だとはわからなかっただろう。この場所は、ずっと昔にうち捨てられたところだったので、どこかさみしくて、少しこわい感じがした。そんなわけで、少なくとも一分間は、みんなだまったままだった。

それから、もちろん、四人は歩きまわったり、あれこれ手に取ってみたりした。まるで、なつかしい昔の友だちに会うみたいだった。みなさんがそこにいたら、こんな言葉が聞こえてきたことだろう。

「ねえ、見て！　戴冠式《たいかんしき》の指輪よ――初めてこれをはめたの、おぼえてる？」

「あれ、これは、なくしたと思ってた小さなブローチだわ。」

「ねえ、あれって、きみがローン諸島での大トーナメント戦で着た鎧兜《よろいかぶと》じゃないか？」

「こびとがあれを作ってくれたの、おぼえてるかい？」

「あの角《つの》から飲んだの、おぼえてる？」

「……は、おぼえてる？」

「……を、おぼえてるかい？」

ところが、ふいにエドマンドが言った。

「ねえ。電池をむだにしないほうがいいよ。これからどんなに必要になるかわからないからね。ほしいものを取ったら、外へもどったほうがよくないか？」

「サンタさんからの贈り物を持っていかないと」と、ピーター。

ずっと昔、ナルニアでのクリスマスのとき、ピーターとスーザンとルーシーは、サンタクロースから贈り物をもらい、それを王国よりも大切にしていたのだった。ただ、エドマンドはそのときいなかったので、なにももらえなかった。（それは、エドマンドがいけない子だったからだった。その話は、第一巻『ライオンと魔女と洋服だんす』にある。）

三人はピーターに賛成して、宝の部屋の奥の壁まで歩いていった。そこには、思ったとおり、贈り物が昔と同じようにかかっていた。ルーシーのは、いちばん小さいものので、かわいらしい小瓶だった。瓶はガラスでなく、ダイヤでできていて、まだ魔法の薬が半分以上入っていた。どんな傷でも、どんな病気でも治してしまう薬だ。ルーシーはなにも言わず、とても真剣な顔つきで、瓶を手にして、瓶についている革帯をさっと肩にかけ、昔そうしていたように、腰に瓶があるのをたしかめた。スーザンへの贈り物は、弓矢と角笛だった。弓はまだそこにあり、象牙の矢筒には、しっかり羽根のついた矢がいっぱい入っていた。ところが――

「まあ、スーザン、角笛はどこ？」と、ルーシーが言った。

「ああ、どうしよう、どうしよう、どうしよう」と、スーザンはしばらく頭をかかえていたが、ふいに声をあげた。「思い出した。あの最後の日、白鹿を狩っていた日、持っていたんだわ。あのとき、急にむこうに――って、イングランドのことだけど――行っちゃったとき、なくしたんだわ」

エドマンドがヒューと口笛を吹いた。たしかに、あれをなくしたとなれば、大弱りだ。なにしろ、鳴らせば、どこにいようと助けが来るという魔法の角笛だったのだから。

「今あると、ちょうど便利だったんだけどね」と、エドマンド。

「まあ、いいわ。弓はあるもの。」そう言って、スーザンは弓を取った。

「弓の弦がだめになってないかい、スー？」ピーターがたずねた。

しかし、宝の部屋のなかの空気に魔法でもかかっていたのだろうか。弓はまだ使えた。弓術と水泳がスーザンの得意だった。すぐにスーザンは弓をしなわせ、弦をちょっとはじいた。ビュンという音が部屋全体にひびいた。その小さな反響を聞いたとき、四人は、これまでのどんなことよりも、なつかしい昔を思い出した。いろいろな戦いや狩りや宴会の思い出がどっとよみがえってきたのだ。

それから、スーザンはまた弓をゆるめて、矢筒を肩からかけた。

つぎにピーターが、自分の贈り物を手に取った。偉大な赤いライオンの絵がかかれた盾と、王家の剣だ。ほこりを落とすために、ピーターはふっと吹いてから、床にトントンとした。それから、盾を腕に取りつけ、剣を腰にさした。最初、剣がさびていて、さやから抜けないのではないかと心配だったが、そんなことはなかった。ピーターが、剣をさっと一振りで抜いて、かかげてみると、懐中電灯の光を受けて、刃がきらりと光った。

「これぞ、わが剣、リンドンだ。オオカミ退治の剣だ。」

その声は今までとちがっていて、ピーターがまさに王のなかの王ピーターにふたたびなったのだと、三人は感じた。それから、しばらくして、電池を節約しなければならないことをみんな思い出した。

四人はまた階段をのぼって、大きなたき火をして、身をよせあって暖かくして横になった。地面はとてもかたく、寝心地はよくなかったが、みんな最後にはぐっすりと眠った。

# 第三章

# こびと

外で寝ていていちばんこまるのは、朝かなり早くに目がさめることだ。しかも、地面がかたくておちつけないので、目がさめると、さっと起きあがらなければならない。そのうえ、ゆうべも夕食はりんごだけだったのに、朝ごはんにりんごしかないのだから、最悪だ。ルーシーが「すばらしい朝ね」と言ったのは本当だったが、それ以外にすてきなことはなにも言えなかった。エドマンドは、ほかのみんなが感じていたことを口にした。

「この島から抜けださなきゃ。」

みんなは、井戸の水を飲み、顔をピシャピシャと洗ったあと、また川ぞいに砂浜まで出て、本土とのあいだにある海峡をじっとながめた。

「泳ぐしかないな」と、エドマンドが言った。

「スーなら泳げるだろうけど、ほかはどうかな」と、ピーター。

スーザンは、学校の水泳大会で賞をもらうほど泳ぎの名人だったのだ。「ほか」というのは、学校のプールをまだ往復できないエドマンドと、ほとんど泳げないルーシーのことを指していた。

「ともかく、潮の流れもあるかもしれないし」と、スーザン。「知らないところで泳いじゃだめだって、お父さんがいつも言ってるわ。」

「でもね、ピーター、いい？」と、ルーシー。「ふるさとでは、つまりイングランドでは、あたしぜんぜん泳げないけど、ずっと昔は泳げたんじゃないかしら。つまり、あたしたちがナルニアで王や女王だったのが、ずっと昔だったなら。そのときは、馬にも乗れたし、いろんなことができたわ。ひょっとすると――？」

「ああ、だけど、そのときぼくらは、大人みたいなものだったからね」と、ピーター。「何年も何年も国を治めて、いろいろなことができるようになったんだ。ぼくらは今、ほんとの年齢にもどってしまったところじゃないか。」

「あっ！」

エドマンドが声をあげたので、みんなは話をやめて、エドマンドの言葉に耳をかたむけた。

「今、わかったよ。」

「なにが？」ピーターがたずねた。

「なにもかもさ」と、エドマンド。「ゆうべ、おかしいって話してたじゃないか。ナルニアを出てから一年しかたっていないのに、なんでケア・パラベルには何百年も人が住んでいないみたいに見えるのかって。だってほら、いいかい？　ぼくらがずいぶん長くナルニアで暮らしてたように思ったのに、たんすのこっちにもどったときは、ぜんぜん時間がたってなかっただろ？」

「つづけて」と、スーザン。「だんだんわかってきた気がする。」

「つまりだよ、」と、エドマンドはつづけた。「一度ナルニアを出たら、もうナルニアの時間がいつなのかわからなくなってしまうんだ。イングランドで一年しかたってなくても、ナルニアじゃあ、何百年もたってたってわけさ。」

「なるほど、エド」と、ピーター。「きみの言うとおりだろうな。その意味で、ぼくらがケア・パラベルで過ごしたのは、何百年も前のことだったんだ。そして、ぼくらはまるで歴史の教科書に出てくる大昔の十字軍か、アングロ・サクソン人か、古代ブリトン人が突然現代のイングランドによみがえったみたいにして、ナルニアにもどってきたってわけだね。」

「あたしたちと会ったら、みんな大よろこびしてくれ――」と、ルーシーが言いかけたが、そのときほかの三人が「しっ！」とか「見て！」と言った。なにかが起こっていた。

本土の少し右手のほうに木のしげった岬があり、そのちょうどむこう側に河口があるにちがいないとみんな感じていた。そして今、その岬のむこうから、ボートが見えてきたのだ。ボートは、岬の先をまわると、むきを変えて、こちらのほうへ海峡を進んでくる。乗っているのはふたりで、ひとりはこいで、もうひとりは船尾にすわって荷物をかかえている。荷物は生きているかのように動いている。ふたりとも兵士のようだ。頭に鉄の帽子をかぶり、鎖帷子《くさりかたびら》〔鉄の細かな鎖《くさり》でできたうすいシャツ〕を着ている。顔にはひげが生え、こわそうな顔つきだった。子どもたちは、浜辺から森へ引っこんでかくれると、指ひとつ動かさずに見守った。

ボートが子どもたちのまむかいに来たところで、「ここでいいだろう」と、船尾の兵士が言った。

「やつの足に石を結びつけたらどうですか、伍長《ごちょう》？」こぐのをやめたもうひとりがたずねた。

「へん！」伍長と呼ばれた男がうなるように言った。「そんなものいらないし、もってきてない。縄をしっかりしばっとけば、石なしでも、こいつはおぼれ死ぬさ。」

伍長は立ちあがって、荷物を持ちあげた。ピーターは、その荷物が本当は生きていることに気づいた。手足をしばられているが、必死にもがいている、こびとなのだ。つぎの瞬間、耳もとでビュンという音がしたかと思うと、伍長は両腕を上へ投げあげ、こびとをボートのなかに落として、海のなかへたおれた。そして、じたばたともがく

ように、遠くの土手へと泳いでいった。ピーターは、スーザンの矢が伍長の兜に当たったのだとわかった。ふりかえると、スーザンは真っ青な顔をしていたが、すでに二本めの矢をつがえていた。でも、二本めは放たれなかった。仲間がやられたとわかると、もうひとりの兵士は、大声をあげてボートのむこう側から海へ飛びこみ、やはりもがくようにして（海はちょうど兵士の背たけほどの深さだったようだ）、本土の森のなかへ消えていった。

「急げ、ボートが流されてしまう前に！」ピーターがさけんだ。

ピーターとスーザンは、服を着たまま、浅瀬を走って、水が肩までつかる前に、ボートのふちをつかんだ。それから数秒後には、ふたりはボートを岸へ引っぱりあげ、こびとをおろしてやり、エドマンドはポケットナイフでこびとの縄を切るのに大わらわになった。（ピーターの剣のほうが切れるのだが、柄《つか》より先は持てないので、こういった作業にはむいていなかったのだ。）とうとう自由になると、こびとは腕や脚をさすりながら、すわったまま体を起こして、さけんだ。

「いやはや、うわさとちがって、あんたら、幽霊って感じじゃありゃせんの。」

たいていのこびとと同じく、このこびとも、とてもずんぐりして、分厚い胸をしていた。立ちあがっても一メートルにもならないだろう。もじゃもじゃごわごわした赤いあごひげとほおひげのせいで、くちばしのような鼻ときらきら光る黒い目のほかは、顔がほとんど見えなかった。

「とにかく、幽霊であろうとなかろうと、命びろいした。心より礼を言いますよ。」

「だけど、どうしてあたしたちが幽霊なの？」と、ルーシー。

「生まれたときから聞かされてたもんでね。この海岸ぞいの森には、木の数と同じぐらい、幽霊がうじゃうじゃいるって」と、こびとは言った。「そういう話になってるんだ。だから、だれかをどこかへやっちまいたいときには、いつもここへ連れてくる。おいらが連れてこられたみたいにね。そして、幽霊のところへやったって言うんだ。でも、ほんとはおぼれさせるか、のどをかっ切るんじゃないかって、おいらはいつも思ってたね。幽霊なんて信じちゃいなかったからよ。だけど、あんたがたがやっつけてくれたあの臆病者《おくびょう》ふたりは、ほんとに信じてたってわけだ。おいらを殺しにここに連れてくるのを、連れてこられるおいらよりこわがっていやがった！」

「ああ、それでふたりは逃げたのね？」と、スーザン。

「え？　なんだって？」と、こびと。

「ふたりは本土に逃げていったんだ」と、エドマンド。

「殺さないように射たのよ」と、スーザン。

あんなに近いところから射そこねたと思われたくなかったのだ。

「ふむ。そいつはまずいな」と、こびと。「あとでめんどうなことになる。ふたりが、恥と思ってだまっていてくれたらいいんだがな。」

「なんであのふたりは、あなたをおぼれさせようとしたんです?」ピーターがたずねた。

「ああ、おいらは危険な犯罪者なのさ」と、こびとは陽気に言った。「でも、長い話になる。その前に、おいらを朝めしに招いてくれないかな。殺されかかると、すごい腹がへるって、想像もつかんだろうな。」

「りんごしかないの。」ルーシーが悲しげに言った。

「なんもないよりましだが、新鮮な魚のほうがいいな。どうやら、おいらがあんたがたを朝めしに招かなきゃならんようだ。あのボートにつり道具があった。それに、ボートを島の反対側につけなきゃならん。本土からだれか来て見つけられると、たいへんなんだ。」

「そいつには、ぼくが気づくべきだった」と、ピーター。

四人の子どもたちとこびとは、波打ちぎわまで行って、なんとかボートを押し出し、急いで出発した。こびとが、すぐにあれこれと指示を出した。オールは、もちろんこびとには大きすぎたので、ピーターがこぎ、こびとの指示に従って、ボートは海峡に沿って北へ進んでから、やがて島の先端を東へまわった。そこから、川の上流まで見晴らせた。そのむこうの入り江や岬もすべて見えてきた。少しは見おぼえがあるかなと思ったが、みんながナルニアにいたときとちがって、森があたりをおおってしまい、どこもかしこもほかの場所のように見えた。

　島の東で、ひらけた海に出ると、こびとは魚つりをはじめた。昔、子どもたちがケア・パラベルで食べたのをおぼえているパベンダーという美しい虹色《にじいろ》の魚が、どっさりとれた。じゅうぶんとれたら、みんなはボートを小さな入り江へ入れて、木につないだ。こびとは、とても有能で（実際、悪いこびともいるが、ばかなこびとなんて聞いたことがない）、魚をさばいてから言った。

「さあて、つぎに必要なのは、たきぎだな。」

「お城のところにあります。」

　エドマンドが言うと、こびとは低い口笛を吹いた。

「ぶったまげの、おったまげ！　じゃあ、やっぱり、ほんとに城があるんだ？」

「廃墟《はいきょ》だけど」と、ルーシー。

　こびとは、とても興味深そうな表情を浮かべて、四人をじっと見つめた。

「しかも、あんたら、まさか――？」こびとは言いかけた言葉をやめて、こう言い直した。「まあいいさ。朝めしが先だ。だが、その前にひとこと。あんたら、胸に手をあてて、おいらがほんとに生きてるって言えるかい？　おいら、おぼれちまって、ここにいるのはみんな、幽霊ってことはないよな？」

四人がだいじょうぶだと言うと、つぎの質問は、どうやって魚を運ぶかということだった。魚を結ぶひももなければ、かごもなかったので、結局、エドマンドの帽子を使うしかなかった。ほかにだれも帽子をかぶっていなかったのだ。猛烈におなかがすいていなければ、エドマンドはもっとぶつぶつ文句を言っていたことだろう。

最初、こびとは、城に入っておちつかないようすだった。きょろきょろして、くんくんとにおいをかいで、こう言った。

「ふむ。やっぱり、ぞっとしないな。幽霊のにおいもする。」

けれども、火をたいて、新鮮な魚を燃えさしのまきであぶるやりかたを子どもたちに教えると、ようやくこびとも元気になった。フォークを使わないで、あつあつの魚を食べるというのは、なかなかたいへんだ。しかも五人に一本しかポケットナイフがない。食事がおわるころには、指にやけどをした子が何人もいた。けれども、もう九時になっていて、朝五時から起きていたから、やけどのことで文句を言う人はいなかった。井戸の水を飲んで、りんごをひとつふたつ食べておしまいにすると、こびとは、自分の腕ぐらいの大きなパイプを取り出し、葉をつめて、火をつけ、香りのよい大きな煙をはき出して言った。

「さてと。」

「最初にあなたが話してください。そのあとで、ぼくらの話をします。」ピーターが言った。

「そうだな、あんたらは命の恩人だから、あんたらの言うとおりにするべきだが、どこから話していいのやらわからんな。まず、おいらは、カスピアン王の使者だ。」

「だれですか、それ？」四つの声がいっぺんにたずねた。

「ナルニア王、カスピアン十世だ。国王万歳《ばんざい》！」こびとが答えた。「つまり、ナルニア王となるべき人であり、そうなってほしいと思っているのだが、今は、われら古きナルニア人の王でしかない。」

「古きナルニア人って、どういうことですか？」ルーシーが、ていねいにたずねた。

「おいらたちのことだよ」と、こびと。「言ってみれば、叛乱軍《はんらん》だ。」

「なるほど。では、カスピアンは、古きナルニア人の長《おさ》なのですね」と、ピーター。

「まあ、言ってみればそうなんだが、王自身は新ナルニアのテルマール人なんだ。わかるかな。」こびとは、頭をかいた。

「わかりません。」エドマンドが言った。

「バラ戦争よりむずかしいわ。」ルーシーは、歴史の教科書に出てくる戦争のことを言った。

「おやおや」と、こびと。「どうもうまくいかんな。よし。いちばんはじめにもどって、カスピアン王子が叔父《おじ》の宮廷で育って、われらの味方になったいきさつを話さなきゃならんようだ。だが、長い話になるよ。」

「すてき」と、ルーシー。「あたしたち、お話、好きだもの。」

こうして、こびとは腰をおちつけて、話をはじめた。子どもたちがときどき口をはさんで質問したりしたから、こびとが話したとおりにここに記すのはやめておこう。長くなるうえに、わけがわからなくなるし、子どもたちがあとになって知ったいくつかのことがもれてしまうので。

子どもたちが最終的に知った話をまとめると、つぎのようになる。

## 第四章

# こびとは、カスピアン王子の話を語る

カスピアン王子は、叔父であるナルニア王ミラーズと叔母《おば》である赤毛のプルーナプリズミア王妃といっしょに、ナルニアのまんなかにある大きな城に住んでいた。王子の両親は亡くなっていて、王子が城でいちばん好きな人は乳母《ばあや》だった。王子は王子さまだったから、すてきなおもちゃがいっぱいあって、どんな遊びだってできた。でも、もちろんおもちゃは口をきいてくれない。だから、夕方になっておもちゃを箱にしまって、乳母にお話をしてもらうときが、なによりも好きだった。

叔父と叔母のことは大して好きではなかったが、週に二度ほど、叔父はカスピアンを呼び出して、城の南側のテラスを三十分ほどいっしょに散歩した。ある日、散歩の最中に、王は王子にこう言った。

「さて、そろそろおまえに、馬の乗りかたと剣の使いかたを教えねばならん。わしらには子どもがおらんゆえ、わしが死んだら、おまえが王になるだろうからな。どう思う？」

「わかりません、叔父上。」カスピアンは答えた。

「わからんとな？」と、ミラーズ王は言った。「なんと、これ以上望ましいことなど、あるまいが！」

「だけど、ぼくには願いがあって――」

「どんな願いだ？」

「ぼくは――ぼくは――ぼくは、古き時代に生きられたらなあと思うんです。」

このとき、カスピアンはまだとても小さな子どもだった。それまでミラーズ王は、よく大人がするような、どうでもいいという感じのめんどうそうな話しかたをしていたのだが、急にカスピアンをじろりと見た。

「あ？　なんだと？　古き時代とは、なんのことだ？」

「え、ご存じないのですか、叔父上？　なにもかもちがっていた時代のことです。動物はみんな口がきけて、川や木々には、泉の精ナーイアスとか木の精ドリュアスとか呼ばれるすばらしい人たちが住んでいた時代です。こびともいました。森じゅうにかわいいフォーンがいて、ヤギみたいな脚をしていて、それから――」

「そりゃ、あかんぼうに聞かせるでたらめだ。」ミラーズ王は、ぴしゃりと言った。「子どもだましのたわごとだ。おまえはもう大きくなってきたのだから、そんなものを信じてはならん。おまえの年なら、おとぎ話ではなく、戦《いくさ》や冒険を考えるべきだ。」

「でも、その当時も、戦《いくさ》や冒険はありました。すごい冒険があったんです。昔、白の魔女がいて、勝手に女王を名乗って、ナルニアを永遠の冬にしてしまったんです。そこへふたりの男の子とふたりの女の子がどこからともなくやってきて、魔女をやっつけて、ナルニアの王と女王になった。名前をピーター、スーザン、エドマンド、ルーシーといいます。そうして、ずっといつまでも国を治めて、すばらしい時代をきずきました。それはすべて、アスランが――」

「だれだ、それは？」と、ミラーズ王がたずねた。

もしカスピアンがもう少し大きかったら、王の声の調子を聞いて、だまったほうがよいと気づいたことだろうが、カスピアンは話しつづけてしまった。

「ご存じないんですか？　アスランは、海のむこうからやってくる偉大なライオンです。」

「そんなたわごとを、だれから教わった？」王はかみなりのような声で言った。カスピアンはおびえて、だまってしまった。

「殿下。」王は、今までつかんでいたカスピアンの手を離して言った。「答えなさい。わしの顔をちゃんと見るのだ。だれが、そんなうそを、おまえに吹きこんだのか。」

「ば――ばあやです。」カスピアンは、口ごもりながら言い、どっと泣きだしてしまった。

王は、カスピアンの肩をつかんで、ゆさぶった。

「うるさい！　泣くのをやめろ。そして、二度とそんなばかげた話を聞かせるな。いや、考えてもならぬ。そんな王とか女王とかは、いなかったのだ。王がふたりも同時にいるなんてことがあるものか。アスランなんてやつもおらぬ。ライオンなんてものは、おりゃせんのだ。動物が口をきけた時代など、あってたまるか。わかったか？」

「はい、叔父上。」カスピアンは、すすりあげた。

「では、このことは、これきりだ。」

それから王は、テラスの遠くのはしに立っていたお付きの紳士のひとりに声をかけ、冷たい声で言った。

「殿下を部屋へ連れていき、殿下の乳母を直ちにここへ連れてこい。」

あくる日、カスピアンは、なんてことをしてしまったんだろうと思った。乳母が、さよならを言うこともゆるされずに、遠くへ送られ、かわりに家庭教師がつくと告げられたのだ。

カスピアンは、乳母がいなくなってしまったことがとても悲しくて大いに泣いた。

つらくてしかたなかったので、前よりももっとナルニアの古い話のことを思った。毎晩、こびとや木の精を夢に見て、城の犬やネコと話そうとした。けれども、犬はただしっぽをふり、ネコはニャアと鳴くばかりだった。

カスピアンは、新しい先生が嫌いになると思っていたのだが、一週間後にやってきた先生は、嫌いになるなんて、とうていできない人だった。こんなに背が低くて、太っている人は見たことがない。先のとがった銀色の長いひげが腰までたれていて、しわだらけの茶色の顔は、とてもかしこそうで、かなりへんてこで、すごくやさしい顔だった。声は低くて、目は楽しそうで、先生のことがよくわかるようになるまでは、先生が冗談を言っているのか本気なのかよくわからないほどだった。名前を、コルネリウス博士と言った。

コルネリウス博士との勉強のなかで、カスピアンがいちばん好きだったのは、歴史だった。これまでは、乳母から聞いた話は別として、ナルニアの歴史についてなにも知らなかったから、今の王家がこの国では新参者なのだと知って、とてもおどろいた。

「初めてナルニアを征服して王となったのは、殿下の祖先のカスピアン一世でありました」と、博士は教えてくれた。「この国に今の国民を連れてきたのは、この王でございます。殿下がたは、もともとナルニア人ではなく、今の人はみんなテルマール人です。つまり、西の山のずっとむこうにあるテルマール国からやってきた人たちです。それゆえ、カスピアン一世は、征服王と呼ばれております。」

ある日、カスピアンがたずねた。

「博士、教えてください。ぼくらがテルマールからやってくる前、ナルニアにはだれが住んでいたのですか。」

「テルマール人が征服する前は、住んでいた人間はおりませぬ――いても、ごくわずか？」

「では、ぼくの祖先はだれお征服したんですか？」

「だれお、ではなく、だれを、ですぞ、殿下。どうやら、歴史から文法の時間に変えたほうがよいようですな」と、コルネリウス博士。

「ああ、どうか、博士。教えてください。戦《いくさ》があったんじゃありませんか？　戦う相手がいなかったのなら、どうしてカスピアン征服王と呼ばれたのですか。」

「ナルニアには、人間はごくわずかだったと申しました。」

大きなめがねごしに少年を見つめた博士の顔は、どこかようすがへんだった。カスピアンにはその言葉の意味がすぐにはわからなかったが、急に心臓がどきんとした。

「それじゃあ」と、カスピアンは息をのんだ。「人間以外の、なにかがいたということですか。お話のなかみたいに？　それじゃあ、ひょっとして――？」

「しいっ！」コルネリウス博士は、王子に顔をぐっとよせた。「それ以上言ってはなりませぬ。古きナルニアの話をして乳母が追い出されたのをご存じでありましょう？　王さまは、お嫌いなのです。わしが殿下に秘密をもらしたとばれれば、殿下はむちで打たれ、わしは首を切られましょうぞ。」

「でも、どうして？」

「もう文法の授業の時間です。」コルネリウス博士は大きな声を出した。「どうぞ、殿下、プルウェルレントゥス・シクス著『文法の庭――おさなき知恵のための愉《たの》しき語形論の木蔭《こかげ》』の四ページをお開きくださいますか？」

それから、お昼までは、名詞やら動詞やらの話ばかりだったが、なかなかカスピアンの頭には入ってこなかった。あまりにもわくわくしていたのだ。コルネリウス博士があああいうことを言ったのは、きっとそのうちもっと教えてくれるつもりがあるからにちがいない。

そのとおりだった。数日後、博士は言った。

「今晩は天文学の授業です。真夜中に、タルバとアラムビルというふたつの気高い惑星が、地球から見てたがいに一度の距離内を通過します。このような接近は二百年ぶりであり、殿下の御存命中にふたたびごらんになることはできませぬ。いつもより少し早くベッドに入られるのがようございましょう。接近の時が近づいたら、お起こし申しあげます。」

それは、カスピアンが聞きたかった古きナルニアとはなんの関係もないことのように思えたが、真夜中に起きるというのはいつだっておもしろいもので、カスピアンはそれなりに楽しみにしていた。その夜、ベッドに横になると、まず眠れないと思ったが、やがてぐっすりと眠りに落ちた。だれかがそっと自分の体をゆすっているのに気づいたのは、眠りはじめてから数分後のように思えた。

目をさますと、部屋は月明かりでいっぱいだった。コルネリウス博士は、フードのついたガウンで顔をかくし、手に小さなランプを持ち、ベッドの横に立っていた。カスピアンは、これから星を見に行くのだとすぐに思い出し、ベッドから出ると服を着た。夏の夜だったが、思ったよりも肌寒かったので、博士が似たようなガウンを着せてくれて、温かくてやわらかい短めの長靴をはかせてくれたときは、すっかりうれしくなった。つぎの瞬間には、先生と生徒は、人に見つからないように顔をおおったまま、ほとんど足音をたてずに、部屋から暗い廊下にそっと出ていった。

たくさんの廊下を通り、いくつかの階段をのぼって、博士のあとをついていくと、とうとう、城からつき出た小塔の小さなドアをぬけて、鉛板の屋根の上に出た。狭間《はざま》胸壁〔凸凹になった低い壁〕にかこまれたところで、片側には急な屋根があった。下には、城のかげになった庭が見え、月光がちらちらさしこんでいた。上を見あげると、星や月が見える。やがて別のドアのところまで来た。そこから城全体の中央の大きな塔へあがれるのだ。コルネリウス博士がドアの鍵《かぎ》をあけると、ふたりは塔の暗いらせん階段をのぼりはじめた。カスピアンは、どきどきした。この階段はのぼってはいけないと、これまできつく言われていたのだ。

長くて急な階段だったが、ようやっと塔のてっぺんまでたどりついて、切れていた息も整ってくると、のぼってきたかいがあったと思えた。ずっと右のほうをながめると、西の山々がぼうっと見える。左をながめると、大川がきらめいており、なにもかもとても静かで、一キロ半も先のビーバーズダムの滝の音さえ聞こえてくるほどだった。例のふたつの星を見つけるのは、たやすいことだった。南の空のかなり低いところにあって、まるでふたつの小さな月のように明るく、かなりくっついて見えた。

「ぶつかるのですか？」

おごそかな気持ちになって、カスピアンはそっとたずねた。

「いいえ、殿下。」博士も、ささやき声で答えた。「上空の偉大なる貴族たちは、踊りのステップをよくわかっており、ぶつかったりいたしませぬ。よくごらんなさい。この出会いはさいわいであり、悲しきナルニアの国にとって大いなる善を意味しております。勝利の王タルバが平和の淑女アラムビルにあいさつをし、今最も近づいておりますでのう。」

「あの木がじゃまなのが、残念です。」カスピアンは言った。「西の塔からのほうがよく見えましたね。あそこは、それほど高くないけれど。」

コルネリウス博士は、二分ほどなにも言わず、タルバ星とアラムビル星をじっと見すえていた。それから、深い息をつくと、カスピアンのほうを見た。

「あそこにごらんになったのは、今生きている人間がこれまでだれも見たことがなく、もう二度と見られぬものです。そして、殿下のおっしゃるとおり、西の低い塔からのほうがよく見えたことでしょう。ここに殿下をお連れしたのは、別のわけがあったからです。」

カスピアンは博士の顔を見あげたが、フードにかくれて顔はほとんど見えなかった。

「この塔のよいところは、すぐ下の六つの部屋にはだれもおらず、長い階段があり、階段の下のドアに鍵がかかっているということです。だれにも立ち聞きされることはありませぬ。」

「先日お話しいただけなかったことを教えてくださるのですか。」

「さよう。」博士は言った。「だが、よろしいか。殿下とわしがこの話をするのは、ここでだけです――この大塔のてっぺんで、だけですぞ。」

「はい。約束します。どうか教えてください。」

「お聞きください」と、博士。「古きナルニアについて殿下がお聞きになったことは、すべて本当なのです。それは人間の国ではない。アスランの国、目ざめた木々の国、目に見える泉の精ナーイアスの国、フォーン、サテュロス、こびとに巨人、神々に半人半馬《ケンタウロス》、口をきく獣《けもの》の国なのです。カスピアン一世が戦った相手は、そういう生き物でした。あなたがたテルマール人は獣たちをだまらせ、木々や泉を支配し、こびとやフォーンを殺し、追い払い、今やその記憶さえ消し去ろうとしている。王は、このことを話してはならぬと禁じておりますからのう。」

「ああ、ぼくたちがそんなことをしなければよかったのに。」カスピアンは言った。「だけど、本当だったとわかって、うれしいです。たとえ、もうおわった話だとしても。」

「あなたの種族のなかにも、征服しなければよかったと、ひそかに願う人もおります。」

「でも、博士。どうして、ぼく(ヽ)の(ヽ)種族っておっしゃるのですか。だって、博士だってテルマール人でしょ。」

「そう思われますか?」

「だって、人間だし。」

「そう思われますか?」

博士は、より深い声でくり返し、同時にフードをうしろに落としたので、博士の顔が月明かりのなかではっきりと見えた。

突然、カスピアンには真実がわかった。もっと前に気づいているべきだったと思った。コルネリウス博士は、こんなにも小さく、こんなにも太っていて、こんなにも長いひげを生やしているのだ。ふたつの考えが同時にうかんだ。ひとつは、おそろしい考えだ――「先生は、ほんとの人間じゃない、人間ではなくて、こびと族なんだ。そして、ぼくを殺すために、ここに連れてきたんだ。」もうひとつは、まったくうれしい考えだ――「やっぱり、こびとって、いたんだ。そして、とうとうぼくは、本物に会えたんだ。」

「ようやく、おわかりになったようですな。」コルネリウス博士は言った。「ほぼ、おわかりになったと言うべきか。わしは、まったくのこびとではないのです。いっぽうの親に人間がおります。多くのこびとたちは、例の大戦から逃げて、ひげをそり、かかとの高い靴をはいて、人間のふりをして生きのびました。あなたがたテルマール人とまざったのです。わしもそのひとりであり、半分こびとなのです。もし親戚《しんせき》の生粋のこびとがまだこの世のどこかに生きていたら、まちがいなくわしは軽蔑《けいべつ》され、裏切り者と呼ばれるだろうて。だが、今日の今日まで、わしはわれら一族のことを忘れたことはないし、ナルニアのしあわせな生き物たちや、長いこと失われてしまった自由の日々を忘れたことはないのです。」

「あの――ごめんなさい、博士。でも、ぼくのせいでないことは、わかってください。」

「殿下を責めるつもりなど、ありませんよ。」博士は答えた。「ではなぜこんな話をす

るのかと、おたずねになりたいでしょう。ふたつの理由がございます。第一は、わが老いた心にこのひそかな記憶をずっととどめてきて、あまりにつらく、殿下にそっとお伝えしなければ、この心が張り裂けそうだからです。しかし、第二の理由は、こうです。殿下が王となられたとき、こびと族を助けていただきたい。殿下は、テルマール人ではあれど、古きものごとがお好きであられますからな。」

「うん、助けるよ。助けるよ。でも、どうやればいいのかな？」

「わしのように、あわれなこびとの生き残りにやさしくしてくだされればよいのです。学識ある魔法使いを集めて、ふたたび木々を目ざめさせようとなさってもよろしい。フォーンや口をきく獣《けもの》やこびとが、ひょっとしてどこかにかくれて生きていないか、この国のすみずみまでさがしてくださってもよろしい。」

「まだいるでしょうか？」カスピアンは、熱心にたずねた。

「わかりません――わからない。」博士は、深いため息をついた。「おるはずがないと思うときもある。今までずっと、手がかりをさがしてきたのです。山からこびとの太鼓が聞こえたと思えたときもありました。夜の森のなか、ずっと遠くのほうでフォーンやサテュロスが踊っているのをちらりと見たような気がしたこともありました。だが、そこへ行ってみると、なにもおらんのです。何度もあきらめましたが、いつもなにかきっかけがあって、もしかしてと思いはじめました。わしには、わからんのです。

それにしても、殿下は、古《いにしえ》の最大の王ピーターのような王になってくださらんと。叔父《おじ》上のような王ではなく。」

「じゃあ、王さまふたりに女王さまふたりがいた話も、白の魔女の話も、本当なんですね？」と、カスピアン。

「もちろん、本当です。四人の治世はナルニアの黄金時代であり、この地が四人を忘れたことはございませぬ。」

「このお城に住んでいたのですか、博士？」

「いえ、殿下。この城はつい最近できたものです。殿下の高祖父、つまり、ひいひいおじいさんが建てたのです。しかし、アダムの息子ふたりとイブの娘ふたりが、アスラン自身によってナルニアの王と女王にされたとき、四人はケア・パラベルの城に住んでおりました。その神聖な場所を見た者は今はだれもおらず、おそらくその跡地さえ消えてしまったのでありましょう。だが、それはここから遠くはなく、海辺にある大川の河口にあったと信じられております。」

「うへえ！」カスピアンは、身ぶるいして言った。「あの黒い森？　あの――例の――その――幽霊がすんでいるところ？」

「殿下は、教えられたとおりのことをおっしゃる」と、博士。「が、それはみな、うそです。あそこに幽霊はおりませぬ。テルマール人がでっちあげた話です。テルマールの王たちが海をひどく恐れたのは、アスランが海からやってくるという話が忘れられぬからです。海に近づきたくないし、だれも海に近づいてほしくない。そこで、森をあんなにしげらせて、国民が海岸に近づかないようにしました。けれども、木々ともけんかをして、森がこわくなった。そして、森がこわいから、森には幽霊がいっぱいいいると想像した。海も森も嫌った王や貴族たちは、こうした話をなかば信じて、民にひろめた。ナルニアの民のだれも海岸へ出たり、海をながめたりしないほうが安全だと思ったのです。海のむこうには、アスランの国があり、朝と、世界の東のはてがあるのですからのう。」

数分のあいだ、深い沈黙があった。それから、コルネリウス博士が言った。

「さあ。もうもどらなくては。下へおりて、寝る時間です。」

「もどらなくてはだめですか？　この話を何時間も何時間もしたいです。」

「そんなことをしたら、わしらがいないと気づかれて、大さわぎになりましょうぞ。」

# 第五章
# カスピアン王子の冒険

その後も、カスピアンとコルネリウス博士は、大塔の上で何度も秘密の会談をし、そのたびごとに、カスピアンは古きナルニアについてわかってきたので、ひまさえあれば、古代のことばかり考えたり夢見たりするようになり、古き時代がよみがえらないかと願うようになった。けれども、もちろん、そんなにひまばかりあるわけではない。なにしろ、王子の教育が本格的に、はじまっていたのだ。剣術、馬術、水泳、潜水、弓術、リコーダー〔縦笛〕やテオルボ〔リュートに似た弦楽器〕の演奏の仕方を学び、鹿を狩り、死んだ獲物にどうナイフを入れるかを学び、そのほか宇宙地理学、修辞学、紋章学、詩作、それからもちろん歴史の授業もあり、法学も少しと、医学、錬金術、天文学の授業もあった。魔法学については、理論だけを学んだ。コルネリウス博士は、魔術の実践は、王族がすべきではないと言ったのだ。

「わし自身、魔法使いとしてはかなり未熟で、ごくわずかの実験しかできませぬからのう」と、博士はつけ加えた。航海術――これは英雄にふさわしいりっぱな技術である、と博士は言った——にについて、カスピアンはなにも教わらなかった。ミラーズ王が、海や船をよく思わなかったためだ。

カスピアンは、また、自分の目や耳を使って多くを学んだ。小さいときから、どうして叔母《おば》のプルーナプリズミア王妃のことが嫌いなのかとよくふしぎに思ったものだったが、それは王妃に嫌われているからなのだと気がついた。また、ナルニアはふしあわせな国だということもわかってきた。税は高く、法律はきびしく、ミラーズ王は残酷な人だった。

何年かして、王妃が寝込み、城は王妃のことで大さわぎとなり、何人もの医者がやってきて、宮廷人たちはひそひそ話していた。初夏だった。ある夜、そんなさわぎのなか、カスピアンは数時間ベッドで寝たところで、思いがけずコルネリウス博士に起こされた。

「また、天文学の勉強ですか、博士？」

「しいっ！　わしを信じて、これから言うとおりになさいませ。服をすっかり着てください。これから長い旅になりますでのう。」

カスピアンはとてもびっくりしたが、博士のことは信頼していたので、すぐに言われたとおりにした。服を着ると、博士は言った。

「殿下のために、旅のかばんを持っております。となりの部屋へ行って、殿下の夕食の食卓から食料を取ってつめねばなりませぬ。」

「お付きの紳士がいますよ。」

「ぐっすり眠っていますゆえ、目をさましはしないでしょう。わしの魔法使いとしての腕はたいしたことはないが、少なくとも催眠術ぐらいはできますのでな。」

ふたりは、ひかえの間に入った。そこでは、たしかに、ふたりのお付きが椅子の上にあおむけに体をひろげて、大きないびきをかいていた。コルネリウス博士は、冷たくなったチキンの残りや鹿のかたまり肉をすばやく何枚か切り取り、パンとりんご一、二個と、おいしいワインの小瓶をかばんに入れて、カスピアンにわたした。かばんにはベルトがついていて、ちょうど学校に教科書を持っていくときのリュック型かばんのように、カスピアンの肩におさまった。

「剣はお持ちですか？」博士がたずねた。

「はい。」

「では、剣もかばんもかくれるように、マントでおおいなさい。それでよろしい。さて、それでは、大塔へ行ってお話をしましょう。」

塔のてっぺんに着くと（その夜はくもっていて、タルバとアラムビルの接近を観察した日とはまったくちがっていた）、コルネリウス博士は言った。

「殿下、今すぐこの城を出て、広い世界でご自身の運命をお探しいただかなければなりません。ここにいてはお命があぶないのです。」

「どうして？」カスピアンは、たずねた。

「殿下が、ナルニアの真の王であるからです。殿下はカスピアン十世、すなわちカスピアン九世の実の息子にして後継者であられる。国王陛下万歳《ばんざい》。」

そして、カスピアンがおどろいたことに、この小男は片ひざをついて、カスピアンの手にせっぷんをした。

「いったいどういうこと？　わからないよ。」

「これまでおたずねにならなかったのを、ふしぎに思うておりました。カスピアン王の息子でありながら、なぜ殿下がカスピアン王となっておられぬのか。殿下以外のだれもが、ミラーズ王が王位簒奪《さんだつ》者、つまり本当の王から王位を横どりした者であると知っております。やつは統治しはじめたとき、王であるふりさえしなかった。自らを摂政と呼んだのだ。ところが、殿下の母君が亡くなってしまわれた。よき王妃で、わしにずっとご親切にしてくださった唯一のテルマール人でいらした。それから、ひとり、またひとりと、殿下のお父上のことを知っていた偉大な貴族が亡くなったり、消えていったりしたのです。それも偶然ではありません。ミラーズが消したのです。べリサーとユービラスは、狩りのとちゅうで、事故をよそおって矢で射殺されました。偉大なるパサリッド家の者たちは北の国境へ巨人退治に送られ、ひとりずつたおれていきました。アーリアンとエリモン、そのほか十数名は、うその嫌疑をかけられて、謀叛《むほん》人として処刑されました。ビーバーズダムの兄弟ふたりは正気を失ったことにされて閉じこめられた。そして最後には、すべてのテルマール人のなかで例外的に海を恐れない七人の貴族たちを説得して、《東の海》のむこうに新しい国を探しに出航させましたが、案の定、だれひとり帰ってくることはありませんでした。こうして、殿下のことを思って発言する者がおらぬようになると、取り巻き連中が（やつのねらいどおり）やつに王になってほしいと求めたのです。そしてもちろん、やつは王になりました。」

「王さまは、こんどはぼくを殺そうとしているということですか？」

「ほぼ、まちがいござらぬ。」

「でも、どうして今になって？　だって、そうしたければ、とっくにそうできていたでしょう。それに、ぼくがなにをしたというんです？」

「つい二時間前に起こったことのために、殿下についての考えかたを変えたのです。王妃に息子が生まれました。」

「それとこれとどういう関係があるんです？」

「わからんのですか！」博士はさけんだ。「歴史や政治学でのこれまでの授業で、なにも学んでこなかったのですか。よろしいか。やつは、自分に子どもがいないかぎり、自分が死んだあと、殿下が王となることに異存はなかった。殿下のことを好きではないかもしれないが、よそ者よりは殿下に王位についてほしいと思うておったわけです。ところが、自分の子ができた今となっては、その子につぎの王になってほしいと思うておる。殿下はじゃまになる。始末しようとしておるのです。」

「ほんとに、そんなに悪い人かな?」と、カスピアン。「ほんとに、ぼくを殺す?」

「殿下の父上を殺しました。」

カスピアンは、とても奇妙な気持ちになって、なにも言わなかった。

「なにもかもお話しできますが、今ではありませぬ。時間がございませぬ。すぐにお逃げください。」

「いっしょに来てくれますか?」

「できませぬ。いっそう危険になります。ひとりよりふたりのほうが、つかまりやすいのです。殿下、いえ、カスピアン王、どうか勇気をお出しください。ひとりで今すぐ行かねばなりません。南の国境をこえて、アーチェンランドのネイン王の宮廷にお行きなさい。親切にしてくれるはずです。」

「先生とはもう会えないんですか?」カスピアンは、ふるえる声で言った。

「会えることを願いましょう、王さま。この広い世界で、陛下よりほかに、わしに友だちがおりましょうか。それに、わしには少々魔法の心得がございますからのう。ですが、急ぎませんと。ご出発前に、ごせんべつをふたつ、さしあげましょう。これは、金の入った小さな財布——本当は、この城の財宝すべては、もちろん陛下のものなのですが。そして、これは、もっとずっとよいもの。」

博士は、カスピアンの両手のなかになにかを入れた。よく見えなかったが、手ざわりで角笛だとわかった。

「これは、ナルニアの最も偉大で、最も神聖な宝物です」と、コルネリウス博士。「若かりしころ、これを見つけるために、多くの恐怖に耐え、多くの呪文《じゅもん》をとなえました。これは、スーザン女王その人の魔法の角笛であり、女王が黄金時代の最後にナルニアからいなくなられたおりに、のこしていかれたものです。これを吹けば、ふしぎな助けが来ると言われています。どれほどふしぎかは、だれにもわかりませぬ。女王ルーシー、王エドマンド、女王スーザン、そして最大の王ピーターを過去からよみがえらせる力をもっているやもしれませぬ。そうなったら、四人がすべてを正してくれましょう。ほかならぬアスランを呼び出すかもしれませぬ。お受けください、カスピアン王。しかし、絶体絶命のときでなければ、使ってはなりませぬ。さあ、急いで、急いで、急いで。塔のいちばん下の小さな扉、庭に出る扉は、鍵《かぎ》をはずしておきました。そこで、お別れです。」

「ぼくの愛馬デストリアに乗っていけますか？」

「すでに鞍《くら》をつけて、果樹園の角で殿下を待っております。」

長いらせん階段をおりていくとき、コルネリウス博士は、さらにいろいろと指示や忠告をささやいた。カスピアンの心はしずんでいたが、すべて理解しようとがんばった。それから庭に出て、新鮮な空気を吸い、博士と熱のこもった握手をして、芝生の上を走って、お待ちかねだったデストリアのうれしそうな低いいななきを聞き、こうしてカスピアン十世は、先祖代々住んできた城をあとにした。ふり返ると、新王子の誕生を祝う花火が打ちあげられるのが見えた。

カスピアンは、夜どおし、南へ馬を走らせた。なじみの土地を走っているあいだは、わき道や森のなかの細い道を選んだが、そこを過ぎると、本道を走った。デストリアは、いつもとちがうこの旅に、乗り手と同じくらいわくわくしていた。コルネリウス博士にさようならを言ったとき、涙ぐんでしまったカスピアンだったが、今は、自分こそがカスピアン王であると思って勇気を出した。左の腰に剣を、右の腰にスーザン女王の魔法の角笛をさげて、冒険を求めて馬を走らせる王であるというのは、しあわせなことだと感じていた。けれども、朝になって、ちらつく雨のなかであたりを見まわしてみると、どこもかしこも知らない森や荒れ野や緑の山ばかりで、このあまりにも大きくてふしぎな世界のなかで自分はなんてちっぽけなんだろうと思えて、こわくなった。

すっかり日がのぼると、カスピアンは、本道からはずれて、森のなかにひらけた草地を見つけてひと休みした。デストリアの轡《くつわ》や手綱をはずして、草を食べさせてやり、自分は冷たいチキンを食べ、ワインを少し飲んで、たちまち眠った。目がさめると、午後のおそい時間になっていた。カスピアンは、ひと口、腹ごしらえをしてから、また南を目指して、ほとんど人通りのない道を通って旅をつづけた。

さて、のぼったりくだったりする山道にさしかかった。くだり道よりのぼり道のほうが多く、高いところからながめるたびに、前方の山々がどんどん大きく、黒々とそびえて見えた。夕闇がせまってきたとき、カスピアンはそうした山の下のほうの坂にいた。風が出てきた。やがて、雨がザアッとふってきた。デストリアはおちつかなくなり、空にはゴロゴロとかみなりも鳴っている。そのとき、どこまでもはてしなくつづくらしい暗い松林に入った。木々が人間をよく思っていないといういろいろな話を聞いたのが急に思い出された。自分は結局テルマール人でしかなく、木々をめちゃくちゃに切りたおし、野生のものたちと戦争をした種族なのだということも思い出した。ほかのテルマール人とはちがうと思っていても、木々にはそんなことがわかるはずない。

もちろん木々にはわからなかった。風は嵐となり、森はうなり、あちこちで木々がきしめいた。

ガラガラドッシャーン!

かみなりが落ち、一本の木が、カスピアンのすぐうしろでたおれて道をふさいだ。

「静かに、デストリア。静かに!」

カスピアンは、馬の首を軽くたたいて言った。しかし、ふるえていたのは自分自身であり、あぶないところで死をまぬかれたのだとわかっていた。

ピカッといなびかりがきらめき、頭のすぐ上の空をひきさくように、大きなかみなりの音がした。デストリアが必死に駈《か》けだした。カスピアンは、乗馬は得意だったが、デストリアをとめる力はなく、鞍から落ちないようにしがみついているのがやっとだった。馬はものすごい疾走をしていて、カスピアンは自分の命の糸がいつ切れるかわからないと思った。暗闇のなか、木がつぎつぎと目の前にとびこんできては、ぶつかるというすんでのところで通りすぎていった。それから、痛いと思う間もなく(けがはしたが)、なにかが額《ひたい》にぶつかって、それっきりなにもわからなくなってしまった。

気がつくと、火がたかれて明るい場所で横になっていた。手足はあざだらけで、頭がひどく痛む。近くでささやき声がしている。

「さて、やつが目をさます前に、どうするか決めなきゃ」と、声がした。

「殺すんだな」と、別の声がした。「生かしておくわけにはいかねえ。裏切られるぜ。」

「殺すくらいなら、さっさとやっちまえばよかったんだ。さもなきゃ、ほっとけばよかったんだ」と、三つめの声。「今となっちゃ殺せないよ。こうして助けてやって、頭に包帯までしてやってさ。お客を殺すようなもんじゃないかい。」

カスピアンは弱々しい声をあげた。

「きみたち、ぼくになにをしてもいいが、ぼくの馬にはやさしくしてくれ。」

「馬なんか、おれたちがあんたを見つけるずっと前に、さっさと逃げたよ。」

最初の声が言った。奇妙にかすれた、土くさい声だと、カスピアンはこのとき気がついた。

「おい、こいつにうまいこと言われて、まるめこまれるな。」ふたつめの声がした。

「おれは、やっぱり――」

「なにをぬかすか、腰ぬかす！」三つめの声がさけんだ。「もちろん殺したりするもんかい。恥を知れ、ニカブリック。どう思うよ、トリュフハンター？　こいつをどうしたもんじゃろかい？」

「なんか飲ませてやろう。」

そう言った最初の声は、たぶん「トリュフハンター」と呼ばれた者の声なのだろう。暗いかげが近づいてきた。カスピアンは、肩の下にだれかの腕がそっとさしこまれるのを感じた。腕なのだろうか。なんだか、形がちがうようにも思えた。こちらをのぞきこんでいる顔も、おかしいように思えた。とても毛むくじゃらで、鼻がかなり長く、鼻の両側にへんな白いところがある。

「お面みたいなものをつけてるのかな。さもなきゃ、ぼくは熱が出て、ありもしないものを見てるんだ」と、カスピアンは思った。

あまくて熱い飲み物を入れたコップがくちびるにあてられ、カスピアンはそれを飲んだ。そのとき、あとのふたりのどちらかが火をつっついた。炎がパッとあがって、のぞきこんでいる顔が急に照らされたものだから、カスピアンはびっくりして、もう少しでさけびそうになった。それは人間の顔ではなく、アナグマの顔だったのだ。ただ、これまでカスピアンが見たことのあるどんなアナグマの顔よりも大きく、やさしそうで、頭がよさそうだった。そして、まちがいなく、しゃべれるのだ。しかも、自分はほら穴のなかで、植物のヒースの寝床に寝かされていることもわかった。火の近くには、ひげを生やした小男がふたりすわっていて、コルネリウス博士よりずっと荒々しく、背が低く、毛深く、ずんぐりしていたので、すぐに本物のこびとだとわかった。人間の血が一滴も入っていない、昔からのこびとだ。カスピアンは、ついに古きナルニア人を見つけたと思った。それからまた、頭がふらふらしはじめた。

何日かして、三人の名前がわかった。アナグマは、トリュフハンターといった。トリュフ〔高級きのこ〕を見つける者という意味だ。三人のなかでいちばんやさしく、いちばん年上だった。カスピアンを殺そうと言ったこびとは、ひねくれものの黒こびと族（髪の毛とひげが黒くて、馬の毛のように太くてかたいのだ）で、名前をニカブリックといった。もうひとりのこびとは、キツネの毛のような赤い毛を生やした赤こびと族で、トランプキンといった。

「さあて、この人間をどうするか、決めなくてはな。」

カスピアンがようやく寝床で体を起こし、口がきけるようになった最初の日の夕方に、ニカブリックが言った。

「おれが殺そうというのをやめさせて、おまえら、すげえ親切なことをしたと思ってんだろ。だけど、とどのつまりは、こいつを一生、捕虜としなきゃならんってことだぜ。生かしてやったせいで、こいつが仲間のところへ帰って、おれたちのことをばらすなんてのは、ごめんだからな。」

「そいつはどうかな、かなぶんぶん」と、トランプキンが、ちゃかした。「ニカブリック、そんなことを言うもんじゃない。おいらたちの穴の外の木にこいつが頭をぶつけたのは、こいつのせいじゃない。それに、裏切り者には見えないがな。」

「ねえ」と、カスピアンが言った。「きみたちは、ぼくが帰りたがっているのか知らないじゃないか。ぼくは帰りたくないんだ。きみたちといっしょにいたいんだ――もし、そうさせてくれるなら。ぼくはずっと、きみたちみたいなひとをさがしていたんだ。」

「よく言うぜ。」ニカブリックがうなった。「おまえはテルマール人で、人間だろ。仲間のところへ帰りたがるに決まってら。」

「かりにそうだとしても、帰れないんだ」と、カスピアン。「命からがら逃げていて、事故にあったんだ。王さまがぼくを殺そうとしている。きみたちがぼくを殺してたら、王さまをよろこばせただけなんだ。」

「まさか、そんなはずはない！」と、トリュフハンター。

「ん？」と、トランプキン。「なんだって？　おまえさんの年で、ミラーズと対立するとは、いったいなにをやらかしたんだ、人間よ？」

「王は、ぼくの叔父《おじ》なんだ。」

カスピアンが説明をはじめると、ニカブリックは短剣に手をかけてとびあがった。

「そぉれ見ろ！　テルマール人であるばかりか、おれたちの大敵の肉親で、あととりだ。それでも、こいつを生かそうってのか？」

その瞬間、アナグマとトランプキンが止めに入り、ニカブリックを椅子に押しもどして、押さえつけなければ、カスピアンは刺し殺されているところだった。

「いいか、たのむから、ニカブリック」と、トランプキン。「おちつけよ。それともトリュフハンターとふたりがかりで、おまえさんの頭に乗っからなきゃだめかい？」

ニカブリックは、ふくれながらも、おとなしくすると約束し、トランプキンとトリュフハンターは、話をつづけてくれと、カスピアンにたのんだ。話がおわると、しば

らくだれもなにも言わなかった。

「こんなへんな話、聞いたことないなぁ」と、トランプキン。

「気に入らねえな」と、ニカブリック。「人間どものあいだで、まだおれたちのことが話されてたなんて知らなかった。おれたちは知られてないほうがいいんだ。そのばあや、よけいなことを言ってくれたもんじゃねえか。しかも、その先生も、こじれさせやがって。こびとの裏切り者が。嫌な野郎どもだ。人間よりも嫌いだね。いいか、よく聞け――こいつは、まずいことになるぜ。」

「わかってもいないことを、わかったふうに言うもんじゃないよ、ニカブリック」と、トリュフハンター。「きみたちこびとは、忘れっぽさと気まぐれについて言えば、人間と同じだ。おれは獣《けもの》で、しかもアナグマだからね。おれたちは変わらない。ひとつのことをがんばるんだ。きっと、とてもよいことになると思うよ。ここにいるのは、本物のナルニアの王だ。本当の王さまが、本当のナルニアにもどってきたんだ。そして、おれたち獣は、おぼえている――こびとが忘れようとも――ナルニアは、アダムの息子が王にならないかぎり、うまくいかないってことをね。」

「おどろき、モモの木、山椒《さんしょ》の木！」と、トランプキン。「トリュフハンター、まさかこの国を人間にさしだそうってんじゃないだろうな。」

「そんなこと、言ってないよ。」アナグマは答えた。「ナルニアは、人間の国じゃない。

(それは、おれが、だれよりもいちばんよくわかってるさ。) でも、人間が王さまになる国なんだ。おれたちアナグマは、ずっと昔からそうだったことをおぼえている。だってさ、ありがたいことに、英雄王ピーターだって、人間だったじゃないか?」

「そんな古い話を信じてるのかい?」トランプキンが、たずねた。

「言っただろ。おれたち獣は、変わらないんだ。おれたちは忘れない。おれは、英雄王ピーターたちがケア・パラベルで統治したと信じている。ほかならぬアスランをかたく信じているように。」

「そのアスランにしたってそうだ。今どきアスランなんて、だれが信じるんだい?」と、トランプキン。

「ぼくが信じる」と、カスピアンが言った。「かつては信じてなかったとしても、今は信じる。ぼくがいた人間界では、アスランなんているものかと笑っていた人たちは、口をきく獣やこびとの話も笑いとばしていた。ぼくもアスランなんてほんとにいるのかなと思ったときもあったけど、きみたちみたいなひとがほんとにいるんじゃないかなとも思ってた。そして、きみたちは、いた。」

「そのとおり」と、トリュフハンター。「おっしゃるとおりです、カスピアン王。そして、あなたが古きナルニアにつくしてくださるなら、あなたはおれの王さまです。こいつらがなんと言おうと。国王陛下、万歳《ばんざい》。」

「むなくそが悪くなるぜ、アナグマ。」ニカブリックが、うなった。「英雄王ピーターたちは人間だったかもしれないが、ちがう種類の人間だ。こいつは、のろわれたテルマール人じゃないか。遊び半分で獣《けもの》を狩った、やったやつだぜ。」

ニカブリックは、急にふり返って、カスピアンに「そうだろ?」と、たずねた。

「まあ、正直言って、狩りをした。でも、狩ったのは、口をきく獣ではなかった」と、カスピアン。

「おんなじこった」と、ニカブリック。

「いや、いや、いや」と、トリュフハンター。「おんなじじゃないだろ。最近のナルニアの動物は変わっちまったんだ。まるで、カロールメンやテルマールにいるような、口もきけない、知恵のない動物になっちまったことは、おまえもよく知ってるだろ。小さくなって。おれたちとはぜんぜんちがうよ。半分こびとのやつらがきみたちとちがうどころのさわぎじゃないね。」

話は長々とつづいたが、結局、カスピアンをここにかくまうことでまとまり、しかも、カスピアンが外へ出られるほど元気になったら、トランプキンが「ほかのやつら」と呼んでいる連中に会わせるという約束までできた。というのも、どうやらこの森には、ナルニアの古き時代の生き物たちがいろいろとまだかくれ住んでいるようなのだ。

# 第六章

# かくれ住むひとびと

　こうして、カスピアンがいまだかつて知らなかった最高にしあわせな日々がはじまった。ある晴れた夏の日、葉に露がおりた早朝に、カスピアンはアナグマとふたりのこびとといっしょに、森をぬけて、山の高い鞍部《あんぶ》〔峰と峰のあいだ〕までのぼり、アーチェンランド国の緑の世界を見晴らしながら、日当たりのよい南の坂をおりていったのだ。

「まずは、三頭のずんぐりクマのところへ行こう」と、トランプキンが言った。

　一行は、森の空き地にある、なかが空洞になっている、コケでおおわれた古いオークの木の前までやってきた。トリュフハンターが前足で三回、幹をたたいたが、返事はない。もう一度たたくと、なかから、もそっとした声が言った。

「あっちに行け。まだ起きる時間じゃないや。」

　しかし、三度めにトントンとたたくと、なかでちょっとした地震のような音がして、ドアのようなところが開いて、三頭の茶色いクマが出てきた。たしかにずんぐりむっくりしていて、目をぱちぱちさせている。なにもかも説明すると（クマはねぼけていたので、かなり時間がかかったが）、クマたちは、トリュフハンターが話したように、アダムの息子がナルニアの王になるべきだと言って、三頭ともカスピアンにキスをした。べちゃっとした、鼻でかぎまわるようなキスだったが――そうして、はちみつを手わたししてくれた。カスピアンは、本当は、こんなに朝早く、パンもないのにはちみつはほしくなかったのだが、受けとるのが礼儀だと思って受けとった。手がべとべとでなくなるまで、そのあとずいぶんかかった。

つぎに、大きなブナの林までやってくると、トリュフハンターがさけんだ。

「パタートゥイッグ！　パタートゥイッグ！　パタートゥイッグ！」（「パタートゥイッグ」とは「小枝をちょこまか動きまわる者」という意味だ。）

すると、たちまち、枝から枝へ、みんなのすぐ頭の上までぴょんぴょんとおりてきたのは、カスピアンがこれまで見たこともないくらいりっぱな赤いリスだった。ふつうの、口をきかないリスは城の庭で何度か見かけたことがあったが、それよりもずっと大きく、実際、テリア犬ぐらいの大きさがあった。しかも、その顔を見たとたん、口がきけることがすぐわかった。実のところ、話をやめさせるのがむずかしいくらいだった。というのも、リスというものはみんな、おしゃべりなのだ。

リスはすぐにカスピアンを歓迎して、「ナッツをめしあがりますか」とたずねた。

カスピアンは、「ありがとう、いただくよ」と答えた。しかし、パタートゥイッグがぴょんぴょんとはねて、ナッツを取りに行くとき、トリュフハンターがカスピアンの耳にささやいた。

「見ちゃだめです。そっぽをむいててください。リスのあいだじゃ、だれかがエサ置き場へ行くところをじっと見つめたり、どこにエサ置き場があるのか知りたそうにしたりするのは、不作法とされているんです。」

それからパタートゥイッグがナッツを持って帰ってきて、カスピアンはそれを食べ、そのあとパタートゥイッグは、「ほかのお友だちに、なにか伝えましょうか」と、たずねた。

「だって、ぼく、地面に足をつけずに、ほとんどどこへでも行けますからね。」

トリュフハンターとこびとたちは、これはいいと思い、へんてこな名前をしたいろいろな生き物たちに、「三日後の真夜中に《踊りの芝生》で宴会と会議を開くから集まるように伝えてくれ」と言った。

「それから、三頭のずんぐりくんたちにも教えてやってくれ。やつらにそう言うのを忘れてたからな」と、トランプキンがつけ加えた。

つぎに訪れたのは、《ふるえの森》の七兄弟のところだった。トランプキンが先頭に立って、みんなは山の鞍部までもどり、山の北側の坂を東へおりていき、やがて岩やモミの木々にかこまれた、とてもおごそかな場所へやってきた。

静かに進むと、やがてカスピアンは、足の下の地面がゆれるのを感じた。まるで、地下でだれかが、かなづちでなにかを打っているみたいに、大地がふるえるのだ。トランプキンは、天水おけ〔雨水をためるためのおけ〕のふたぐらいの大きさの平たい石のところへ行って、片足でそれをドンドンとふみつけた。かなり間があってから、下からだれか、あるいはなにかが、石をどかした。すると、そこには、暗くてまるい穴があり、ものすごい熱気と蒸気とが、むわあとたちのぼり、穴のまんなかに、トランプキンとてもよく似たこびとの頭が出てきた。そこで長い話しあいがあって、そのこびとは、リスやずんぐりクマよりもずっと疑い深そうなようすだったが、ついには全員が穴のなかへ招待された。カスピアンは、地中へつづく暗い階段をおりていったが、底まで行くと、火の光が見えた。炉の火だった。その場所全体が、鍛冶場《かじば》になっていたのだ。地下の小川が、かたすみに流れていた。ふたりのこびとがふいご〔風を送る道具〕を動かし、もうひとりが鉄床の上にある真っ赤に焼けた金属をトング〔ものをはさむ道具〕でおさえ、四人めがそれをトンテンカンテンたたいていた。別のふたりのこびとが、かたくなった小さな手を油っぽい布でふきながら、お客さんにあいさつをしに出てきた。カスピアンが味方であって敵ではないということをわかってもらうのに時間がかかったが、わかってもらえると、みんなが「国王陛下万歳《ばんざい》」とさけんだ。

こびとたちの贈り物は、りっぱだった。鎖帷子《くさりかたびら》に兜《かぶと》、それに剣が、カスピアンとトランプキンとニカブリックのそれぞれに贈られたのだ。アナグマも、ほしければ同じものをもらえたのだが、アナグマは、自分は獣《けもの》であって、爪や歯で自分の身を守れないようなら、獣に爪や歯は要らないと言った。武器のつくりは、カスピアンがこれまで見たこともないほどすばらしいものだったので、これまでの剣にかわって、こびとが作った剣をよろこんで使うことにした。新しい剣にくらべたら、これまでの剣はおもちゃのようにたよりなく、棒きれみたいにぶかっこうなものだった。七兄弟――赤こびと族だった――は、《踊りの芝生》の宴会に行くと約束してくれた。

かわいた、岩だらけの峡谷のもう少し先まで行くと、こんどは五人の黒こびとのほら穴に着いた。こびとたちは、あやしそうにカスピアンを見たが、最後には、最年長者が言った。

「ミラーズに敵対する者であれば、われらの王としよう。」

二番めに年長のこびとは、こう言った。

「あなたらのために、岩山のもっと上まで行ってきてやろうか。上には、人食い鬼がひとり、ふたりいるし、鬼婆《おにばば》もいるから、紹介してもいいぜ。」

「いや、けっこうだ」と、カスピアン。

「ほんと、おことわりだよ。そんな連中を味方にはしない」と、トリュフハンター。

ニカブリックは反対意見だったが、トランプキンとアナグマがだまらせた。古い物語のなかの、よいひとたちだけでなく、おぞましい生き物たちの子孫さえもナルニアにまだいるのだと知って、カスピアンは愕然《がくぜん》とした。

「そんな連中まで仲間に入れたら、アスランが味方してくれなくなるよ。」

黒こびと族のほら穴を出てきて歩きながら、トリュフハンターが言った。

「ああ、アスランか！」

トランプキンが、愉快そうに、しかし軽蔑《けいべつ》するように声をあげた。

「そんなことより、おいらが味方してやらなくなるほうが、ずっと問題だろ。」

「きみは、アスランがいるって信じてる？」

カスピアンは、ニカブリックにたずねた。

「なんだって信じるさ。いまいましいテルマールの野蛮人どもをこっぱみじんにするか、ナルニアから追い出してくれるものなら、なんだって。アスランであろうと、白の魔女であろうと、だれでもかまわん。わかるか？」

「だまれ、だまれ。自分でなにを言ってるかわかってないぞ。白の魔女の邪悪さは、ミラーズとその一族どころじゃなかったんだ」と、トリュフハンター。

「こびとにとっては、そうでもないさ」と、ニカブリック。

そのつぎに訪れたのは、さっきより楽しいところだった。山をずっとくだっていくと、大きな谷間というか緑の峡谷がひろがっていて、いちばん低いところには急流があった。川辺のひらけた場所には、キツネノテブクロ〔ジギタリス〕や野バラが咲き、あたりにはハチがブンブン飛びまわっていた。ここで、トリュフハンターは、「グレンストーム、グレンストーム！」と、大声をあげた。（「グレンストーム」は「谷間の嵐」の意味だ。）

しばらくすると、ひづめの音が聞こえてきた。音はどんどん大きくなって、谷をゆるがし、そしてついに、しげみをふみつけるようにして、これまでに見たこともないほど高貴な生き物が颯爽《さっそう》と現れた。

偉大なる半人半馬《ケンタウロス》のグレンストームと、その三人の息子たちだ。腰から上は人間だが、腰から下の馬になっているところのおなかは、つやつやした栗色で、広い胸をおおうひげは赤みがかった金色だった。グレンストームは予言者で、星を見て運勢を知ることもできたから、みんながなぜやってきたのかわかっていた。

「国王陛下万歳《ばんざい》！」グレンストームがさけんだ。「それがしと息子らは、戦《いくさ》の用意はできております。いつ、戦闘となりますかな？」

それまで、カスピアンもほかの者たちも戦《いくさ》のことはあまり考えていなかった。なんとなく、人間の農場に時折襲撃をかけたり、人間の狩りの一行がこの南の野生の世界へふみこんできたら追い返したりするぐらいのことを、ぼんやりと思っていただけだった。もっぱら考えていたのは、森やほら穴でひっそりと暮らし、古きナルニアをひそかに復興することだった。けれども、グレンストームの言葉を聞いたとたん、もっとたいへんなことなのだと気がついた。

「ナルニアからミラーズを追い払うための、本格的な戦《いくさ》ということですか？」

カスピアンが、グレンストームにたずねた。

「もちろんです。そうでないなら、なぜ陛下は鎖帷子《くさりかたびら》をつけて、剣を帯びておられるのです？」

「戦《いくさ》なんて、本気か、グレンストーム？」と、アナグマ。

「機は熟した」と、グレンストーム。「それがしは、いつも空を見ておるのだ、アナグマよ。そなたの仕事が昔を記憶することであるように、それがしの仕事は先を読むことだからな。高き天の広場ではタルバとアラムビルが出会い、地上ではアダムの息子がふたたび立ちあがって、生き物らの王となる。時は来たれり。《踊りの芝生》での会議は、軍議でなければならぬ。」

その声があまりに堂々としていたので、カスピアンもほかの者たちも、ひとときもまようことはなかった。今や戦《いくさ》に勝てるような気がしてきたし、とにかく戦《いくさ》をしなければならないと思った。

ちょうど正午をすぎたところだったので、一行は半人半馬《ケンタウロス》たちのところで休むことにし、半人半馬《ケンタウロス》たちが出してくれた食事を食べた。オート麦でできたケーキ、りんご、ハーブ、ワイン、チーズだ。

つぎに訪れることになっていた場所はすぐ近くだったが、人間たちが住んでいるところをさけるために、ずいぶん遠まわりをしなければならなかった。平らな野原へ出て、生け垣にはさまれた日だまりに出たところには、もうすっかり昼下がりになっていた。そこでトリュフハンターが緑の斜面にあいた小さな穴の口に呼びかけると、ぴょこっと飛び出してきたのは、カスピアンが思ってもみなかったものだった——口をきくネズミだ。もちろん、ふつうのネズミよりも大きく、うしろ足で立つと三十センチ以上はあり、耳はウサギの耳ほど長く、幅はウサギの耳よりもあった。ネズミの名前はリーピチープ。陽気で、武勇にすぐれたネズミだった。腰に小さな細身の剣をさし、長いひげを、口ひげであるかのようにひねるのだった。

「われらは、十二名おります、陛下。」リーピチープは、かっこいい、優雅なおじぎをして言った。「そして、われらのありとあらゆる力を無条件に陛下にさしだす所存であります。」

カスピアンは、笑わないようにがんばったが、無理だった。リーピチープとその仲間たちはぜんぶ洗濯かごのなかに入れて背負って家に運べるなあと、つい思ってしまったのだった。

その日カスピアンが出会った生き物すべてを説明していては、時間がかかってしかたがないだろう――モグラのクロッズリー・シャベル、三頭のハードバイター（「強く嚙《か》む者」という意味で、トリュフハンターと同じアナグマだ）、ウサギのカミロー、ハリネズミのホグルストックなどだ。一行はついに、平らで広い、まるい草地のはしにある泉の近くで野営することにした。草地をとりかこむ高いニレの木が長いかげを落としている。もう日がしずみかけ、ヒナギクは閉じかけ、カラスはねぐらへ帰るころだった。もってきた食料で夕食をおえると、トランプキンはパイプに火をつけた。（ニカブリックは、たばこを吸わなかった。）

「これで、木の精や泉の精を起こせたら、たいしたものなのだがなあ」と、トリュフハンター。

「できないんですか？」と、カスピアン。

「できないね」と、トリュフハンター。「おれたちには、どうすることもできない。人間がこの土地にやってきて、森の木を切りたおし、川をよごしてからというもの、木の精ドリュアスや泉の精ナーイアスたちは、深い眠りに落ちたんだ。いつ目をさましてくれるか、だれにもわからない。こいつは、おれたちの大きな痛手だ。テルマール人は森をひどく恐れているから、一度木々が怒って動きだしたら、敵は恐怖にふるえあがり、必死になって走ってナルニアから出ていってくれるんだけどな。」

そんなことをちっとも信じていないトランプキンが、「おまえら動物ってのは、なんてことを想像するんだろうね！　木々や水だけじゃなくてさ、石だって勝手にミラーズにぶつかっていってくれたら、もっといいんじゃないのかい？」と、にくまれ口をたたいた。

アナグマはそれを聞いてぶつぶつ言っただけで、そのあととても静かになったので、カスピアンは少しうとうとした。ふいに、かすかな音楽のような音が、うしろの森の奥から聞こえてきたような気がした。そのときは、夢でも見たのかなと思って、寝返りを打ったのだが、耳が地面にふれたとたん、ドンドンという太鼓をたたくような、小さな音が聞こえた。（聞こえたのではなく、感じたのかもしれないが、どちらかわからない。）カスピアンは頭をあげた。ドンドンという音はとたんにかすかになったが、音楽は、こんどはもっとはっきりと聞こえてきた。笛の音のようだ。トリュフハンターも身を起こして森を見つめていた。月が明るく照っている。思ったより長く眠っていたようだ。激しいけれども夢を見るような音楽と、大勢の軽やかな足音がどんどん近づいてきて、ついには、森から月明かりのなかへ、カスピアンがこれまでずっと思いえがいていた姿の者たちが、踊りながら出てきた。こびとほど大きくなく、やせていて、上品だ。ちぢれた髪が生えた頭には小さな角が生えていて、はだかの上半身が青白い月光を浴びてかがやいていたが、下半身はヤギだった。

「フォーンだ！」

カスピアンは、とびあがってさけんだ。あっというまに、フォーンたちはカスピアンをとりかこんだ。フォーンたちに事の次第を説明するのに時間はかからず、フォーンたちはすぐにカスピアンを受け入れてくれた。カスピアンは自分でも気づかぬうちに、踊りの輪に加わっていた。トランプキンも、ぎこちない、のっそりした動きで踊っており、トリュフハンターさえ、一所懸命はねたり、ドカドカと動いたりしていた。ニカブリックだけが、だまってじっと動かないで見つめるだけだった。フォーンたちは、葦《あし》で作った笛の音に合わせて、カスピアンのまわりを踊りまわった。悲しげにも、楽しげにも見えるふしぎな顔が、カスピアンの顔をのぞきこんだ。フォーンたちは、たくさんいた——メンティアス、オベンティナス、ダムナス、ヴォルンズ、ヴォルティナス、ガービアス、ニマイアナス、ノーサス、そしてオスカンズだ。みんな、パタートゥイッグが呼んだのだ。

こんなことはなにもかも夢だったのではないかと、翌朝カスピアンは起きたとき、信じられない気持ちでいっぱいだった。けれども、芝生は、割れたひづめの小さな足あとだらけだった。

## 第七章

# 古《いにしえ》のナルニアに危険が

フォーンと出会った場所は、もちろん、ほかならぬ《踊りの芝生》であり、カスピアンと仲間たちは、大会議の夜までここにとどまった。星空の下で眠り、湧き水しか飲まず、ナッツと野生のくだものばかり食べるというのは、カスピアンには、ふしぎな体験だった。これまでは、城のタペストリーのかかった部屋で絹のシーツのベッドに寝て、ひかえの間で金銀のお皿に盛ったごちそうを食べ、呼べばお付きの者たちが飛んできたのだった。しかし、こんなに楽しいことはなかった。こんなに気持ちよく眠ったこともなければ、こんなに食べ物がおいしいと思ったこともなかった。カスピアンは早くもたくましくなり、顔には前よりも王者らしい風格が出てきた。

ついに大会議の夜がやってくると、さまざまなふしぎな臣下たちが、三々五々、そっと芝生へ集まってきた。月はほとんど満月だった。そのたくさんの者たちを見、あいさつを聞くと、カスピアンの胸は高鳴った。これまでに出会った者たちがみんなそこにいた――ずんぐりクマ、赤こびと、黒こびと、モグラにアナグマ、ウサギにハリネズミ。初めて見る連中もいた。キツネのように赤い体のサテュロス五人や、寸分のすきもなく鎧《よろい》に身をかため、かん高いラッパに合わせてやってきた口をきくネズミの全部隊や、フクロウたち、そして《カラス岩》からやってきた大ガラスもいた。最後に、半人半馬《ケンタウロス》といっしょにやってきたのは、小さいけれども本物の巨人、《死人の丘》からやってきたウィンブルウェザーだった。（それを見てカスピアンは息をのんだ。）背中のかごには、船酔いをしたようにかなり気分の悪くなったこびとたちが入っていた。運んでくれると言うから、かごに入ったのだが、今となっては、自分で歩けばよかったと思っているところだった。

ずんぐりクマたちは、「まず宴会をして、会議はあとまわしに、できれば明日《あした》にしてほしい」と、強く希望していた。リーピチープとネズミの仲間たちは、「会議も宴会もあとにして、まさに今晩ミラーズの城に奇襲をかけよう」と息まいていた。パタートゥイッグとリスの仲間たちは、「しゃべりながらでも食事はできるんだから、会議と宴会を同時にしたらいい」と言った。モグラたちは、「とにかくまず、芝生のまわりに塹壕《ざんごう》を掘りたい」と言った。フォーンたちは、「まずは、重々しい踊りではじめたらどうか」と言った。大ガラスは、「本格的な会議をはじめてしまうと、なかなか夕食にならない」と、クマたちに賛同しながら、「全員に対して短いあいさつをさせてほしい」とたのんだ。けれども、カスピアンと半人半馬《ケンタウロス》とこびとたちは、これらすべての提案をしりぞけ、「直ちに本式の軍事会議を開く」と言った。

ほかのすべての生き物たちがなんとか静かになり、しぶしぶながらも大きな輪になってすわり、さらに（もっとたいへんだったが）パタートゥイッグが「静かに！　みんな、静かに！　王さまのごあいさつだ」と言いながらちょこまか走るのをやめさせると、カスピアンは、少し緊張しながら立ちあがった。

「ナルニアの諸君！」

カスピアンは、あいさつをはじめたが、それ以上先に進まなかった。まさにその瞬間、ウサギのカミローがさけんだからだ。

「しいっ！　近くに人間がいるよ。」

みんな、狩りで追われてばかりいる野生の生き物だったから、像のようにかたまった。獣《けもの》たちは、カミローが指した方向に鼻をむけた。

「人間のにおいだけど、ちょっと人間っぽくないな。」トリュフハンターが、ささやいた。

「どんどん近づいてくるよ。」カミローが言った。

「アナグマ二頭、そしてそこにいる三人のこびとくんたち、弓をかまえて、そっと近づいてくれ。」カスピアンが言った。

「やっつけてやる。」

黒こびとのひとりが、こわい顔をして、矢を弓につがえながら言った。

「相手がひとりなら、うつな。つかまえるんだ。」カスピアンが言った。

「なんでだ?」と、黒こびと。

「言われたとおりにしろ」と、半人半馬《ケンタウロス》のグレンストーム。

三人のこびとと二頭のアナグマは、芝生の北西の木立まで、そっと急ぎ足で行った。

やがて、こびとと思われる、するどい声がした。

「とまれ! だれだ?」

そして、突然、とびかかる音。しばらくして、カスピアンのよく知っている声がした。

「わかった、わかった、武器は持っておらん。わしの手首をつかんでもよいが、嚙《か》み切らんでくれたまえよ、アナグマくん。わしは、王に話があるのでのう。」

「コルネリウス博士!」

カスピアンは、うれしくなってさけび、なつかしい先生に会おうと駈《か》けだした。みんなもぐるりととりかこんだ。

「ふん!」と、ニカブリック。「裏切り者のこびとだ。半分こびとだ! やつののどを、この剣でかっ切ってやろうか?」

「静かにしろ、ニカブリック。血筋がどうのと言われても、そいつにはどうしようもないことだ」と、トランプキン。

「こちらは、ぼくの最大の友であり、命の恩人だ。」カスピアンは言った。「この人が仲間になるのが嫌な者は、今すぐわが軍からぬけていい。大切な先生、またお会いできて、ほんとにうれしいです。どうやって、ここがわかったんですか？」

「かんたんな魔法を少々用いましてな、陛下。」

大急ぎで歩いてきたために、まだハアハアと息を切らしながら博士が言った。

「しかし、今はその話をしている時間はございませぬ。この場からみな急いで逃げなければ。陛下が逃げたことはすでにばれており、ミラーズが動いております。明日の昼には、包囲されることでありましょう。」

「ばれてるって？　だれが、ばらしたんです？」と、カスピアン。

「ほかの裏切り者のこびとだろうさ」と、ニカブリック。

「陛下の馬、デストリアです」と、コルネリウス博士。「かわいそうなあの馬は、ほかにしようがなかったのです。陛下が落馬なさったとき、当然ながら、あれはぶらりぶらりと城の廏《うまや》へ帰りました。それで、陛下逃亡の秘密が知れたのです。わしは、ミラーズの拷問室で尋問を受けたくはなかったので、見つからないようにしておりました。水晶を使って、どこで陛下を見つければよいかは見当がついておりました。しかし、おととといのことですが、一日じゅうミラーズの捜索隊が森をうろついているのを目撃し、今日ついにミラーズの軍隊が出動したと知ったのです。陛下のお味方の――その――生粋のこびとたちは、思ったほど森での暮らしの知恵をお持ちでないようだ。あちこちにあとをつけまくっておるからのう。まったく不注意きわまりない。とにかく、古きナルニアは実は死にたえたわけではないとミラーズは気づき、動きはじめておるのです。」

「やったぜ！」博士の足もとのどこからか小さなキンキン声がした。「来てみろってんだ！　わがはいの願いは、王さまがわれらに先陣を切らせてくださることだけだ。」

「なんだ、なんだ？」と、コルネリウス博士。「陛下の軍隊には、バッタか――蚊でも――おるのですかな？」

それから、しゃがんで、めがねごしに気をつけてのぞきこんで、笑いだした。

「こりゃどうだ。ネズミではないか。ネズミどの、どうぞお見知りおきを。貴殿のように勇敢な獣《けもの》に会えて光栄じゃわいのう。」

「わが友情をそなたに与えよう、知恵ある人間よ。」リーピチープは高い声でさけんだ。「そして、この軍でそなたにていねいな言葉づかいをせぬ者には、こびとであれ巨人であれ、わが剣にもの言わせようぞ。」

「そんなばかばかしいことをやってる場合じゃねえぞ」と、ニカブリック。「どうするんだ？　戦うのか、逃げるのか？」

「戦うしかない」と、トランプキン。「だが、こちらの準備はできていないし、この場所では、敵が来たら防ぎようがない。」

「逃げだすのは、嫌だな」と、カスピアン。

「そうだ！　そうだ！」ずんぐりクマたちが言った。「逃げるってことは、走るってことだろ。なにをするにせよ、走るのはやめようよ。とりわけ夕ごはん前はね。夕ごはんを食べてすぐ走るのも嫌だけど。」

「逃げるが勝ちということもある。それに、こんなところで敵にせめこまれる前に、もっと防ぎようのある場所に移動したらどうだ。もっといい場所に」と、半人半馬《ケンタウロス》。

「そりゃかしこいです、陛下、そりゃかしこい」と、トリュフハンター。

「でも、どこへ行けばいいのかな。」いろいろな声がたずねた。

すると、コルネリウス博士が、みんなに言った。

「陛下と、いろいろいらっしゃるみなさんがた、東へ逃げて、川をくだって、大きな森へ入らねばならんでしょう。テルマール人は、あのあたりが嫌いですからな。やつらはいつも、海や、海のむこうからやってくるものをおそれておる。それゆえ、あんなに森を大きくはびこらせてしまったのです。もし言い伝えが正しいなら、古きケア・パラベルは河口にあったそうです。あの森は、われわれに味方し、敵をよせつけぬ。われわれは、《アスラン塚》へ行かねばならぬ。」

「《アスラン塚》だって？　それは、なんだい？」いろいろな声が言った。

「それは、大きな森のはしにあり、ずっと古《いにしえ》のナルニア人たちが魔力のとても強い場所に作った巨大な塚です。そこには、魔力のとても強い石が立っておりました――ひょっとすると、今でも立っておるやもしれません。塚のなかはくりぬかれていて、回廊やほら穴になっており、例の石は、そのまんなかのほら穴にある。塚には、われらのそなえをぜんぶしまっておく空間があり、とくにかくれる必要のある者や、地下の暮らしになれた者は、そのほら穴で暮らせばよろしい。それ以外の者たちは、森で暮らせばよろしい。いざというときには、このりっぱな巨人は別として、みんな塚のなかに退却できる。そこには、飢え以外にはどんな危険もないでのう。」

「学者が仲間にいるっていいな」と、トリュフハンターは言ったが、トランプキンはこっそりと、こう言っていた。

「ぺちゃくちゃ、くちゃくちゃ、どてかぼちゃ！　こんなおとぎ話みたいなことじゃなくて、食糧や武器の話をしてほしいもんだ。」

けれども、みんなコルネリウス博士の提案に賛成して、まさにその夜、三十分後には行進をしていた。夜が明ける前に、一行は《アスラン塚》に着いた。

それは別の丘のてっぺんにある、まるい緑の塚であり、たしかにおごそかな場所だった。長いこと緑でおおわれていて、小さな低い戸口から塚のなかに入れる。なかのトンネルは、どう進めばいいのかわかるまでは、まったくの迷路だった。壁も天井も、すべすべした石積みになっており、朝のうす明かりで目をこらすと、ふしぎな文字や蛇のような記号が書かれているのが見えた。ライオンの形が何度もくり返されている絵もある。これらはどうやら、カスピアンが乳母から聞いていたナルニアよりもさらにずっと昔のナルニアのもののようだ。

運がまたかたむいてきたのは、この塚のなかやまわりで宿営をしたあとのことだった。ミラーズ王の偵察兵たちが、こちらの新しいかくれがをすぐに見つけたのだ。王は軍隊を引き連れて、森のはしまでやってきた。

よくあることだが、敵はこちらが思っていたよりも強大だった。カスピアンは、ミラーズ王の軍隊がどんどんやってくるのを見て、しずんだ気持ちになった。しかも、王の兵たちは、森に入るのをこわがっていたにせよ、それ以上にミラーズ王をこわがっており、王が指揮をとると、軍隊はものすごい突撃をかけ、ほとんど塚のところまでせまってくることさえあった。カスピアンたちにしても、もちろん、何度も外へ突撃をしかけた。こうして、日中はずっと、ときには夜までの戦いが、何日もつづいた。カスピアン側は負けそうだった。

ついに、なにもかもまったくうまくいかない夜がやってきて、一日じゅう降っていた雨が夜になるとやみ、底冷えがした。翌日早朝、カスピアンは、これまでにない最大の作戦に打って出て、みんなはそれに期待をかけた。カスピアンとこびとたちのほとんどで、夜明けとともに王の軍の右翼におそいかかり、激しい戦いとなったら、巨人ウィンブルウェザーと半人半馬《ケンタウロス》たちとおそろしい獣《けもの》たちが、別のところから飛び出して、王の右翼を軍全体から切りはなそうというのだ。ところが、この作戦は完全に失敗してしまった。巨人というのはちっともかしこくないということを、だれもカスピアンに警告しなかったのだ。（ナルニアも新しくなって、そのことをおぼえているひとがいなかったからだ。）

かわいそうなウィンブルウェザーは、ライオンのように勇敢ではあったが、頭のにぶさという点では本物の巨人だった。とんでもないときに飛び出してしまい、しかもとんでもないところから出ていったのだ。半人半馬《ケンタウロス》たちも、カスピアンたちもずいぶんひどいめにあって、敵には少しもダメージを与えられなかった。クマたちのなかで最強の者が傷つき、半人半馬《ケンタウロス》がひとり重傷となり、カスピアンの軍で血を流さなかった者はまずいなかった。雨だれの落ちる木の下でちぢこまって、わずかな夕食を食べたときは、みんな気がめいっていた。

いちばんみじめだったのは、巨人ウィンブルウェザーだった。自分のせいだとわかっていたのだ。大きな涙のしずくをボロボロこぼしながらだまってすわり、涙は鼻の先にたまってから、ちょうど体が温まってきて眠たくなったネズミたちの上に落ちて、バッシャーンと大きなしぶきをあげた。ネズミたちはみんなとびあがり、頭をぶるぶるとふるわせて耳から水を出し、小さな毛布をしぼって、キンキン声で、「こんなめにあわせなくとも、おれたちはもうじゅうぶんずぶぬれになってると思わないか」と、巨人にたずねた。それから、ほかのひとたちも目をさまし、ネズミたちに、「きみたちが軍に入ったのは偵察兵としてであって、音楽会を開くためではない。どうして静かにしていられないのか」とたずねた。そして、ウィンブルウェザーは、そうっとつま先立ちで別の場所へ行って、そこで静かに泣こうと思ったのだが、だれかのしっぽをふんづけてしまい、ひどく嚙《か》まれた。（それはキツネだったと、あとでみんなは言っていた。）こうして、みんな、すっかりつむじを曲げてしまったのだ。

しかし、塚のまんなかにある、秘密の魔法の部屋では、カスピアンと、コルネリウス博士と、アナグマのトリュフハンターと、ニカブリックと、トランプキンが、会議をしていた。古い時代に作られた太い柱が何本も屋根を支えていて、中央には例の石があった。まんなかでふたつに割れている石舞台だ。一面になにか文字のようなものが書かれている。けれども、まだこの石舞台の上に塚が作られるよりずっと前の古い時代、石舞台が丘のてっぺんにあったころに雨風や雪のせいですりへった文字は、かなり読みづらくなっていた。みんなは石舞台をとりかこんでいたわけではない。魔法の石だから、ふつうにテーブルのように使ったりはしなかったのだ。みんなはそこから少しはなれた丸い木のテーブルをかこんで、丸太にすわっていた。テーブルの上のそまつな粘土のランプが、みんなの青白い顔を照らしだし、うしろの壁に大きなかげを投げかけていた。

「陛下がいよいよ、あの角笛をお使いになるべき時が来たのだと思います」と、トリュフハンターが言った。カスピアンは、もちろん、この宝物のことを数日前にみんなに話していたのだ。

「たしかに、せっぱつまっている」と、カスピアンは答えた。「しかし、本当に、もうどうしようもないのか、わからない。これよりひどい事態になったとき、角笛を使ってしまうべきでなかったと思うことがないだろうか。」

「その考えかたでは、角笛を使うときには、手おくれになるぜ」と、ニカブリック。

「わしもそう思います」と、コルネリウス博士。

「トランプキンは、どう思う？」と、カスピアンはたずねた。

「ああ、おいらですか。」それまで、どうだっていいやという態度で聞いていた赤こびとは言った。「角笛だとか――そこにあるこわれた石だとか――偉大なる王ピーターだとか――例のアスランとかいうライオンだとか――そんなもんはみんな、絵にかいた餅《もち》だとおいらが思ってることは陛下もご存じでしょう。いつ陛下が角笛を吹こうが、おいらにゃ、どうだっていいんです。おいらが言いたいのは、戦ってるみんなに角笛のことは言わないでほしいってことだ。魔法の助けが来るなんて期待をさせちまったら、みんな絶対がっかりすることになりますからね。」

「では、アスランの名にかけて、女王スーザンの角笛を吹こう」と、カスピアン。

「その前にやっておかなければならぬことが、ひとつございます」と、コルネリウス博士。「その助けがどのような形になるか、わかりません。海のむこうのアスランを呼びよせることになるのやもしれませぬが、たぶん英雄王ピーターとその強力なお味方を古き過去から呼ぶことになるのではないかと存じます。いずれにしましても、まさにこの場所に助けが来るということではないでしょう——」

「そりゃ、そのとおりだろうぜ」と、トランプキンがちゃちゃを入れた。

「助けは——」と、博士はつづけた。「ナルニアの古代の由緒ある場所に来るのだと思います。わしらが今いるここは、深遠なる魔法のかかった最も古い場所ですから、可能性はいちばん高いですが、ほかにふたつの場所がございます。ひとつは、街灯の跡地——ビーバーズダムの西の上流。記録によれば、王家の子どもたちがナルニアに初めて現れた場所です。もうひとつは、かつてケア・パラベルの城があったという河口です。ほかならぬアスランが来るならば、そこでお迎えするのがようございましょう。どの話でも言われていることですが、アスランは海のむこうの偉大なる皇帝の息子であり、海のむこうからやってくるというのですから。街灯の跡地と河口の両方に使者を送り、助けをお迎えしてはいかがでしょうか。」

「思ったとおりだ」と、トランプキンはつぶやいた。「このばかげた話のせいで、助けが来るどころか、まずは仲間がふたりいなくなるってわけだ。」

「だれを送りましょうか、コルネリウス博士？」カスピアンがたずねた。

「つかまらずに敵地を走りぬけるには、リスがいちばんだね」と、トリュフハンター。「味方のリスはたくさんいねえし、かなりおっちょこちょいだぜ。そうした仕事をまかせられるのは、パタートゥイッグくらいだな」と、ニカブリック。

「では、パタートゥイッグにしよう」と、カスピアン。「もうひとりは、どうする？ トリュフハンター、きみが行きたがっているのはわかるが、きみは足が速くないからね。コルネリウス博士もそうですが。」

「おれは、嫌だぜ」と、ニカブリック。「この人間や獣《けもの》にかこまれて、こびと族がまともなあつかいを受けてるか見張る役のこびとが、どうしてもここにひとりいなくちゃならねえからな。」

「そいつはいけねえ、いけすかねえ。」トランプキンが怒って言った。「それが王さまに対する口のききかたかよ？ おいらを送ってください、陛下。おいらが行きます。」

「だけど、きみは角笛を信じていないんだろう、トランプキン？」と、カスピアン。

「信じちゃいませんがね、陛下。でも、それがなんだってんです？ こんなところで死ぬくらいなら、あてにならないものを追いかけて死んだほうがましです。陛下は、おいらの王さまだ。ご忠告申しあげるのと、命令に従うのは、別です。ご忠告は申しあげた。こんどは、命令を受けるときです。」

「ありがとう。この恩は決して忘れないぞ、トランプキン」と、カスピアン。「だれか、パタートゥイッグを呼んできてくれ。で、いつ角笛を吹けばいい？」

「わしであれば、日の出を待ちます、陛下」と、コルネリウス博士。「日の出が、白魔術に効果がある場合もありますでのう。」

何分かたつと、パタートゥイッグがやってきて、任務を説明された。パタートゥイッグは、多くのリスの例にもれず、勇敢で、元気いっぱいで、興奮して、いたずら気分に満ちていたので（うぬぼれ屋であることは言うまでもない）、説明を受けるとすぐに飛び出していった。パタートゥイッグが街灯の跡地まで走るいっぽう、トランプキンはそれより近い河口へ行くことになった。急いで食事をすませると、ふたりは王とアナグマと博士から熱烈な感謝と祈りを受けて出発した。

第八章

# どうやって島を出たか

「こうして――」と、トランプキンは言った。(お気づきのように、これまでこの話を、ケア・パラベルの廃墟《はいきょ》となった大広間の芝生にすわって四人の子どもたちに話していたのは、トランプキンだったのだ。)

「――こうして、おいらは、ポケットにパンのかけらをひとつふたつ入れて、短剣のほかの武器はおいて、朝のまだ暗いうちに森のなかへ入っていったってわけさ。何時間もひたすら歩いてたら、生まれてこのかた聞いたこともないような音が聞こえてきた。ああ、あれは忘れられるもんじゃないね。あたり一面に鳴りひびいていて、かみなりみたいにでかいくせに、かみなりよりずっと長くひびいてるんだ。水の上を流れる音楽みたいにすずやかで、すてきだけど、森をゆるがすほど強烈だった。で、おいらは思ったんだ――あれが、角笛じゃなかったら、おいら、ウサギって呼ばれてもかまわねえって。で、一瞬あとに、なんだって陛下はもっと早くに吹かなかったんだろうって思ったわけよ。」

「それは何時だった？」エドマンドがたずねた。

「九時と十時のあいだ」と、トランプキン。

「ぼくらが、駅にいたときだ！」

子どもたちはいっせいに声をあげ、目をきらきらさせて顔を見あわせた。

「どうぞ、つづけてちょうだい。」ルーシーが、トランプキンに言った。

「まあ、さっきも言ったように、おいらは、なんでかなと思いながらも、すたこら走ったわけだ。夜になってもずっと走った――でもって、今朝、空がうすぼんやりと明けてきたころ、巨人みたいなばかなことをやらかして、大きく曲がってる川を横切って近道してやろうと、広いところに出て、つかまっちまった。軍隊にじゃない。小さな城を守ってた、えらそうなばかなじいさんに、だ。いちばん海岸寄りの、ミラーズの砦《とりで》になってた城だよ。もちろん、おいらがなんも、ほんとのことをもらしたりしなかったことは言うまでもないが、おいらがこびとだってだけで、ぜんぶばれちまった。ところが、びっくり、しゃっくり、松ぼっくり！　このご家老が、ふんぞりかえったまぬけでよかったよ。ほかのやつだったら、おいら、その場でぶっ殺されてたね。だけど、こいつは、大仰な処刑の儀式をしないではすませられなかったわけさ。おいらを、うやうやしく『幽霊へ』ささげようってわけだ。こちらの若いレイディが――（トランプキンはスーザンにうなずいた）――ちょいと弓矢を放ってくれて――あれは、たいした腕前だったね、ほんとにそう思うよ――で、こうしてここにいるってわけさ。鎧兜《よろいかぶと》は、とられちまったけどね。」

トランプキンは、パイプをトントンとたたいて、新しい葉をつめた。

「おどろいたなあ！」と、ピーター。「じゃあ、きのうの朝、ぼくらを駅のベンチから引っぱってきたのは、角笛だったんだ！　きみの角笛だよ、スー。信じられない。でも、それでつじつまがあうね。」

「なんで信じられないなんて言うのか、わからないわ」と、ルーシー。「魔法を少しでも信じてたら、わかることよ。魔法のせいで人がある場所から無理やり連れてこられるお話なんて、いっぱいあるでしょ？　ある世界から別の世界へ行ってしまうお話。『アラビアン・ナイト』の魔法のランプで魔人のジンを呼び出せば、ジンは来なくちゃいけないのよ。あたしたちも、おんなじように、来なきゃならなかったんだわ。」

「そうだね」と、ピーター。「なんでへんな感じがするかっていうと、お話のなかでは、呼び出すのはいつもこちら側だからだ。魔人がどこからやってくるかなんて、だれも考えないものね。」

「これで魔人の気持ちがわかったわけだ。」エドマンドがクックッと笑いながら言った。「なんてこった！　ぼくらがこんなふうにピーと呼ばれて飛び出しちゃうなんて、なんか嫌だなあ。お父さんが言ってた《電話で呼び出される人生》よりもひどいや。」

「でも、アスランがおのぞみなら、ここに来たいじゃない？」と、ルーシー。

「それはそうと、これからどうしましょうかね？　カスピアン王のところへもどって、助けは来なかったと言ったほうがよいと思うが」と、トランプキン。

「助けが来なかった？　角笛の魔法は効いたのよ。私たち、ここにいるんですもの」と、スーザン。

「えっと――えっと――まあ、そりゃ、そうなんですがね。」トランプキンはそう言いながら、パイプがつまってしまったのか、とにかくあわてて、いそがしくパイプそうじをはじめた。「だけど――そのう――つまり――」

「あたしたちが、だれだかわからないの？　おばかさんね！」ルーシーがさけんだ。

「みなさんは、古いお話から出てきた四人の子どもたちだと思います」と、トランプキン。「で、もちろんお会いできてうれしいです。まったくもって興味深いことだ。でも――怒らないでくださいね？」

トランプキンは、また、ためらった。

「いいから、言ってみろよ」と、エドマンド。

「それでは――怒らないでくださいよ」と、トランプキン。「そうは言っても、王とトリュフハンターとコルネリウス博士が待っていたのは――そのう、おいらの言う意味がおわかりであれば、助け、なんです。言いかえれば、あなたがたを偉大な戦士だと思ってたんです。ところが――そりゃあ、子どもは大好きですし、けっこうですが、今はそれどころではなく、戦争のまっただなかで――おわかりになると思いますが。」

「ぼくらが役に立たないって言うんだな。」エドマンドが、顔を真っ赤にして言った。

「ああ、どうか怒らないで。」トランプキンが、さえぎった。「たのみますよ、親愛《ディア》なる小さなお友だち《リトル・フレンズ》――」

「おまえから《小さな《リトル》》と呼ばれる筋合いはないよ。」エドマンドはとびあがって言った。「ぼくらがベルーナの戦いで勝ったって信じないんだな？　まあ、ぼくのことならなにを言ってもかまわないけど――」

「かっとなっても、しかたがない。宝の部屋へ行って、新しい鎧《よろい》を着てもらって、ぼくらも体に合う鎧《よろい》を着よう。話はそれからだ」と、ピーター。

「そんなことして、なんになるのかわからない――」と、エドマンドは言いかけたが、ルーシーが耳もとでささやいた。

「ピーターの言うとおりにしたほうがいいんじゃない？　いちばんえらい王さまなんだよ。それに、なにか考えがあるんだと思う。」

そこでエドマンドは賛成して、懐中電灯で照らしながら、四人はトランプキンといっしょに、ふたたび暗くて冷たい宝の部屋のほこりをかぶった財宝のところまで階段をおりていった。

棚にならんだ財宝を見て、トランプキンの目はかがやいた。（ただし、つま先立ちをしないと、見えなかったが。）そして、こうつぶやいた。

「こいつは、ニカブリックに見せちゃ、絶対にまずいな、絶対に。」

トランプキンに着せる鎖帷子《くさりかたびら》はすぐに見つかった。剣、兜《かぶと》、盾、弓、矢筒いっぱいの矢も、どれも、こびとサイズのものがあった。兜《かぶと》は銅製で、ルビーがいくつかついていて、剣の柄《つか》には金がついていた。トランプキンは生まれてこのかた、これほどのお宝を見たことがなかったし、ましてや身につけたことなどなかった。子どもたちも、鎖帷子《くさりかたびら》と、兜《かぶと》を身につけた。エドマンドは剣と盾、ルーシーは弓矢。ピーターとスーザンは、もちろんすでに自分たちの贈り物を手にしていた。

鎖《くさり》をジャラジャラいわせながら、ふたたび階段をのぼってきたときは、もう学校の生徒というよりナルニア人らしく見えたし、本人たちもナルニア人にもどった気がしていた。女の子のうしろからあがってきたふたりの男の子は、なにか計画を立てていたようだ。エドマンドがこう言うのが、ルーシーには聞こえた。

「いや、ぼくがやるよ。ぼくが勝ったほうが、やつにもっと、ざまあみろって言えるし、ぼくが負けても大した失態じゃないだろ。」

「わかった、エド」と、ピーター。

日のあたるところに出てくると、エドマンドは、とてもていねいにトランプキンにむかって言った。

「おたずねしたいことがあります。ぼくらみたいな子どもは、あなたのような偉大な戦士に会う機会がありません。ぼくと手合わせをお願いできませんか。そうしてくださったら、とてもありがたいです。」

「だが、ぼうや、この剣はよく切れるよ」と、トランプキン。

「わかってます」と、エドマンド。「でも、ぼくは決してあなたに切りこめないだろうし、あなたもきっと、ぼくを傷つけずにぼくから武器をうばう技をお持ちでしょう。」

「危険なゲームだが、そう言うなら、ひとつ手合わせをしてやろうか。」

ふたりの剣がさっと抜かれ、ほかの三人は高座から飛びおりて見守った。なかなか見応《みごた》えのある試合だった。舞台でよくあるような、太い剣を使ったばかばかしいチャンバラとはわけがちがう。もっとかっこいい細身の剣を使った試合ともちがっていた。太い剣を使った本格的な戦いだ。大事なのは、鎧《よろい》で守られていない脚を切りつけることだった。そして、脚をねらわれたら、両脚とも高くジャンプして、相手の剣を飛びこえねばならない。エドマンドは、トランプキンよりずっと背が高かったので、打ちかかるのにいつもしゃがまなければならず、トランプキンのほうが有利だった。二十四時間前にトランプキンと戦っていたら、エドマンドに勝ちめはなかっただろう。けれども、島に着いてからというもの、ナルニアの空気のおかげでエドマンドはどんどん変わってきていて、これまでの戦争の記憶がよみがえってきていた。そして、腕や指先が剣のあつかいかたを思い出し、エドマンドは、ふたたび王エドマンドとなっていた。

　ふたりの闘士は、ぐるぐると円をえがき、打ちあった。スーザンは、こういう戦いがどうしても好きになれず、「ああ、気をつけてちょうだい」とさけんだ。そして、なにがどうなったのかわからぬくらい目にもとまらぬ速さで、エドマンドが自分の剣を独特のひねりでまわすと、トランプキンの剣はその手からはじきとばされ、トランプキンはクリケットのバットで手を痛めたときのように、からっぽの手をもんでいた。なにがどうなったのかわかったのは、エドマンドがこの技をかけることを前もって知っていたピーターだけだった。

「けがしなかったですか、親愛《ディア》なる小《リトル》さなお友《フレンド》だち。」

　エドマンドは、少し息をはずませながら、剣をさやにもどして言った。

「なるほどね。おまえさんは、おいらの知らない技を知っている」と、トランプキンは、そっけなく言った。

「そのとおりです」と、ピーター。「世界一の剣士でも、自分の知らない技をかけられたら、剣をうばわれることもある。トランプキンに、ほかのことでチャンスをあげないと、不公平だと思う。妹と弓の勝負をしませんか。弓術には、妙な技はありませんからね。」

「おいおい、おふざけでないよ。だんだんわかってきたぞ。今朝あんなことがあったっていうのに、おいらがこの人の弓のうまさがわかってないとでもいうのかね。まあそれでも、ためしてみるか。」

トランプキンはぶっきらぼうな言いかたをしたが、その目はかがやいていた。こびと族のなかでは、トランプキンは有名な弓の名人だったのだ。

五人は果樹園に出てきた。

「的はなんにする？」ピーターがたずねた。

「あの壁の上の枝に生《な》っているりんごでいいと思うわ」と、スーザン。

「けっこうですな、おじょうさん。アーチのまんなか近くにあるあの黄色いやつですな？」と、トランプキン。

「いいえ、それじゃなくて、上のほうの赤いのよ――胸壁の上の」と、スーザン。

トランプキンの顔が、くもった。

「りんごっていうより、さくらんぼみたいだな。」

トランプキンはぶつぶつ言ったが、大きな声ではなにも言わなかった。

ふたりは先攻を決めるために、コインを投げた。（トランプキンはこれまで、コインを投げあげて落ちてきたとき表か裏かで決めるやりかたを見たことがなかったので、とてもおもしろがっていた。）スーザンは後攻になった。ふたりは、大広間から果樹園へとつづく階段の最上段から射ることにした。トランプキンが位置について矢をあつかうようすから、トランプキンがとても手なれていることがわかった。

ビュンと弓がうなった。ねらいは、みごとだった。矢がかすって小さなりんごがゆれて、一枚の葉っぱがひらひらと落ちた。それからスーザンが、階段の最上段へ行き、矢をつがえた。エドマンドは剣の試合をとても楽しんでやったが、スーザンはこの試合をその半分も楽しんでいなかった。りんごに当てられるかどうかわからないからではない。とてもやさしい心の持ち主だったため、一度負かした相手をまた負かすのが嫌だったのだ。スーザンが矢を耳のところまで引っぱるようすを、トランプキンは熱心に見守った。その一瞬あと、その静かな場所でだれもが聞いたかすかな、やわらかい、ポトンという音とともに、りんごはスーザンの矢につらぬかれて、芝生の上に落ちた。

「ああ、うまいぞ、スー」と、ほかの子どもたちがさけんだ。

「あなたよりじょうずだったとは思わないわ。あなたが射たとき、ほんの少し風が吹いたと思う。」スーザンは、トランプキンに言った。

「いや、そんなことはない」と、トランプキン。「なぐさめは要らん。すっかり負けたってことは、おいらにだってわかる。腕をうしろに大きくまわすと、こないだの傷が痛むが、そんな負けおしみだって言うつもりはないさ――」

「あら、けがをしてるの？」ルーシーはたずねた。「見せてちょうだい。」

「小さなおじょうちゃんに見せるようなものじゃない」と、トランプキンは言いかけたが、ふいにやめた。

「また、ばかなことを言っちまった。あんたの兄さんが偉大な剣士で、姉さんが偉大な射手であるように、あんたが偉大な医者だってこともあるかもしれんな。」

トランプキンは段にすわって、鎖帷子《くさりかたびら》をはずし、小さなシャツをぬぎ、子どもの腕ほどの大きさでありながら、船乗りの腕のような隆々とした筋肉の毛深い腕を出した。肩にぎこちなくまかれていた包帯を、ルーシーはほどいた。包帯を取ると、とてもひどい切り傷があり、かなり腫《は》れていた。

「まあ、かわいそうなトランプキンさん。ひどい傷だわ」と、ルーシー。

それから、ルーシーは瓶から薬を一滴、そっとたらしてやった。

「おいおい、え？　なにをしたんだい？」と、トランプキンは言った。

しかし、首をどう曲げようと、横目で見ようと、ひげをあちこちふりまわしても、自分の肩は見えなかった。そこで、ちょうど手の届かないところをかこうとするときにやるように、腕や指を無理にひねってみた。それから、腕をふりまわしたりあげたりして、筋肉をためし、ついには、とびあがって、さけんだ。

「びっくりぎょうてん、すってんてん！　治ってる！　まっさらみたいだ。」

それから、どっと笑いだして言った。

「いやはや、おいらみたいな、ばかなこびとは、いたためしはないね。怒らないでくださいよ？　四人の陛下につつしんで従います。つつしんで、ね。そして、命を救ってくれて、傷を治してくれて、朝めしと、それから、教訓を、ありがとう。」

子どもたちは、みんな、「どういたしまして」と言った。

「さて、」と、ピーター。「ぼくらのことを本物だと信じてくれたなら――」

「信じました」と、トランプキン。

「これからどうするかは、はっきりしている。すぐにカスピアン王と合流しなければ。」

「早いほうがいいですな。おいらが、とんでもないまぬけだったために、一時間ほどむだにしちまいましたからね。」

「あなたが来たのは、およそ二日の道のりだ」と、ピーター。「ぼくらにとっては、ということだけど。あなたがたこびとのように、ぼくらは昼も夜も歩きつづけられないからね。」

それからピーターは、ほかの三人にむきなおった。

「トランプキンが《アスラン塚》と呼んでいるのは、明らかに石舞台にほかならない。ベルーナの浅瀬まで半日ほどの距離だったことはおぼえているだろう？」

「今は、《ベルーナの橋》と呼ばれている」と、トランプキン。

「ぼくらの時代には、橋はなかった」と、ピーター。「そして、ベルーナからここまでは一日と少しだ。ゆっくりと進んで、二日めはお茶の時間ごろに家に帰ったものだった。がんばれば、一日半で行けると思う。」

「しかし、今はすっかり森だってことをお忘れなく。敵がかくれているかもしれないし」と、トランプキン。

「ねえ。ぼくらの、親愛なる《ディア・》小さな《リトル・》お友だち《フレンド》が来たのと同じ道で行かなきゃいけないのかな?」と、エドマンド。

「その呼びかたは、もうやめてください、陛下、お願いですから」と、トランプキン。

「わかったよ」と、エドマンド。「頭文字を取って、ぼくらのＤＬＦって呼んでいい?」

「あら、エドマンド。そんなふうに、いつまでもからかっちゃだめよ」と、スーザン。

「いいんですよ、おじょうちゃん――じゃなかった、陛下」と、トランプキンはクスクス笑いながら言った。

「からかわれても、水ぶくれになったりしないからね。」

それからというもの、みんなはトランプキンのことをときどきＤＬＦと呼び、ついにはそれがなんの意味だったかも忘れてしまった。

「さっきの話だけど、」と、エドマンドがつづけた。「そういうふうに行かなくてもいいんじゃないかな。ボートで少し南に出て、グラスウォーターの入り江に入っていったらどうだろう。入り江の奥で上陸すれば、石舞台の丘の裏側に出られるし、海にいるあいだは安全だしね。すぐ出発すれば、暗くなる前に入り江の奥に着けるから、そこで数時間眠って、朝かなり早くにカスピアンに会えるよ。」（「グラスウォーター」とは「鏡水」、すなわち「鏡の面のように、すみわたった静かな水」という意味で、ナルニアにある入り江の名前だ。）

「海岸のことを知っていると、すばらしいもんですな。おいらたちは、だれもグラスウォーターのことは知らないもんでね」と、トランプキン。

「食事は？」と、スーザン？

「ああ、りんごでがまんしなきゃ」と、ルーシー。「とにかく先へ進みましょうよ。ここに来てまだなにもしていないのに、二日めも終わっちゃうわよ。」

「とにかく、ぼくの帽子を魚入れに使うのは、もうよしてくれよ」と、エドマンド。

みんなは、レインコート一着をふくろのようにして、たくさんのりんごをそこにつめた。それから、井戸で思いっきり水を飲んだ。（入り江の奥に上陸するまで、真水はもう飲めないとわかっていたからだ。）そして、ボートのところまで行った。ケア・パラベルは廃墟《はいきょ》になったとはいえ、またふるさとに帰ってきたような気がしはじめていたので、立ち去るのはうしろ髪を引かれる思いだった。

「ＤＬＦに、舵《かじ》をとってもらおう」と、ピーター。「エドとぼくでオールを一本ずつ持とう。だが、ちょっと待てよ。この鎖帷子《くさりかたびら》は、はずしたほうがいいな。着くころにはかなり暑くなるだろうからね。女の子たちは、舳先《へさき》にいて、DLFに進む方角をさけんでくれ。DLFは道を知らないからね。島を通りすぎるまでは、ずっと沖に出たほうがいいぞ。」

やがて、島の緑の森でおおわれた岸はうしろに遠ざかっていった。島の小さな湾や岬はどんどん遠くなって、平たく見えるようになり、ボートはおだやかな波のうねりに乗って、あがったりさがったりした。まわりの海はどんどん大きくひろがり、遠くのほうはずっと青く見えたが、ボート近くの海は緑で、泡立っていた。潮の香りがあたりいっぱいにたちこめ、波のチャプチャプいう音、ボートの横で水がコポコポいう音、オールで水をパシャパシャとかく音、そしてオール受けがきしむ音以外はなにも聞こえない。そうこうしているうちに、日ざしが強くなってきた。

舳先にいるルーシーとスーザンは、ボートのへりから身を乗り出し、手の届かない海水にさわろうとして楽しんでいた。海底は、きれいな白い砂がほとんどだったが、ときどき真下にむらさき色の海藻が見えた。

「昔みたいね」と、ルーシー。「テレビンシア島へ船で行ったときのことをおぼえてる?――ガルマ島や――七つの島や――ローン諸島へも行ったね?」

「そうね」と、スーザン。「そして、私たちのすばらしい船スプレンダー・ハイアライン号には、舳先に白鳥の首がついていて、木彫りの白鳥のつばさがぐるりとまわって、つばさの先が船の腰につきそうだったじゃない？」

「帆は絹で、船尾に大きなランタンがあったよね？」

「船尾楼で宴会や音楽会を開いたっけ。」

「帆の上のほうで笛を吹いてもらって、まるで空から音楽が聞こえてくるみたいだったこともあったの、おぼえてる？」

やがて、エドマンドは、スーザンにオールをかわってもらって、ボートの前へ移動して、ルーシーのとなりにすわった。

今、島を通りすぎたところだ。しだいに近づいてくる海岸はすっかり森でおおわれ、生き物はなにもいなかった。かつてここが、がらんとなにもない砂浜で、そよ風が気持ちよく駆《か》けぬけて、陽気な友だちがたくさんいたところだったとおぼえていなければ、このうっそうとした森をただとてもきれいなところだと思ったことだろう。

「ふう！　これは、なかなかつかれるな」と、ピーター。

「あたしもちょっと、こいでみていい？」と、ルーシー。

「ルーシーには、オールが大きすぎるよ。」

ピーターはぶっきらぼうに言った。怒っていたのではなく、きちんと話すだけの心のよゆうがなかったのだ。

## 第九章

# ルーシーが目にしたもの

最後の岬をまわって、ついにグラスウォーターの入り江に入る前から、スーザンと男の子たちふたりは、オールをこいでへとへとになっていたし、ルーシーは何時間にもわたる直射日光や海面の照り返しのせいで、頭が痛くなっていた。トランプキンでさえ、早く着いてほしいと思ったほどだ。トランプキンが舵をとるためにすわっていた場所は、人間がすわるように作られていて、こびと用ではなかったので、足がボートの床に届かなかった。たとえ十分でもそんなすわりかたをしていたらおちつかないことは、だれにでもわかるだろう。みんなは、つかれればつかれるほど、気分が落ちこんだ。これまでは、子どもたちはどうやってカスピアンに会うかということばかり考えていたのだが、今や、王に会ってからどうするのかとか、ひとにぎりのこびとたちや森の生き物たちだけで、人間の大人の軍隊を相手にどうやって勝てるのだろうかと思いはじめていた。

グラスウォーターのくねくねと曲がった入り江をゆっくりと奥へ進むうちに、夕暮れがせまってきた。左右の岸がせばまってきて、上からおおうように生える木の枝がほとんど頭の上でぶつかるようになってくると、夕闇はいっそう濃くなった。海の音ははるか遠くで消えていて、ここはとても静かだった。森から入り江へと注ぎこむ小川のかすかなせせらぎさえ聞こえてくるほどだった。

とうとう岸にあがったときは、みんなつかれきってしまい、火をつけるだけの元気もなかった。もう二度とりんごなんて見たくないと思ってはいたが、なにかをつかまえたり射たりするくらいなら、りんごの夕食でじゅうぶんだった。しばらく、静かにモグモグと食べたあと、みんなで身をよせあって、四本のブナの大木のあいだのコケと枯れ葉のふとんの上で、まるくなって寝た。

ルーシー以外のみんなは、すぐに眠りに落ちた。ルーシーは、そこまでつかれていなかったので、寝心地が悪いのが気になって寝つかれなかった。しかも、今まで忘れていたが、こびとというものはいびきをかくのだった。無理に寝ようとがんばらないほうが寝つきやすいと知っていたので、ルーシーは、目をあけてみた。ワラビのしげみと枝々のすきまを通して、入り江の水面が少し見え、その上の空も見えた。そのとき、ナルニアの星々が明るくかがやいた。何百年ぶりかでふたたびナルニアの星を目にして、ルーシーはなつかしくてわくわくした。イングランドでは子どもだが、ナルニアでは女王だったから、夜もずっとおそい時間まで起きていて、ルーシーには人間界の星々よりもナルニアの星々のほうがずっとよくわかっていたのだ。そして、ルーシーが寝ているところから、少なくとも夏の星座の三つがはっきり見えた。船座、槌《つち》座、ヒョウ座というナルニアの星座だ。

「なつかしいヒョウ座さん。」ルーシーはうれしそうにつぶやいた。

眠たくなるどころか、もっと目がさえてきた。夢心地で、夜起きてしまったときの、おかしな感じの目のさえかただ。入り江の水面は、さっきよりずっと明るくなってきた。月は見えなかったが、月の光が水面を照らしているんだと思った。そのとき、森全体が、自分と同じように目をさましてきている感じがした。どうしてだかわからないが、ルーシーは急いで起きあがり、野営の場所から少しはなれたところまで歩いた。

「すてきだわ。」ルーシーは、ひとりごとを言った。ひんやりとして、すがすがしい夜だった。とってもいい香りが、あたり一面にただよっている。どこか近くで、ナイチンゲールのさえずりが聞こえた。歌いだしたかと思えば、やみ、またはじまった。前のほうが少し明るくなった。ルーシーは明るいほうへ進んでいった。すると、木々が少なくて月明かりが全面にさしこんでいる場所に出た。でも、月明かりとかげとがまざりあっていて、なにがどこにあるのか、それがなんなのか、よくわからなかった。そのとき、ナイチンゲールが、発声練習をようやくおえたらしく、どっと歌いだした。

ルーシーの目は、光になれてきて、近くの木々がさっきよりはっきりと見えた。ナルニアで木々が口をきいていた時代が、ひどくなつかしくなった。目をさまさせてやることさえできれば、この木々たちの一本一本がどんなふうに口をきき、どんな人間の姿をするのか、ルーシーには、はっきりわかっていた。ルーシーは、銀色のカバノキを見あげた。それは、にわか雨のようなやわらかい声をして、顔がかくれるほど髪の毛を乱して踊るのが大好きな、すらりとした女の子になることだろう。それからオークの木を見た。これは、ちぢれたひげを生やした、しわくちゃながらも元気なおじいさんとなるだろう。顔や手にいぼがあって、そのいぼから毛が生えているような人だ。最後に自分のすぐ上に枝をひろげているブナを見た。ああ！――この木は、最高の女性になるだろう。森の淑女であり、どうどうとして身のこなしの美しい、めぐみ深い女神に。

「ねえ、木さん、木さん、木さん。」ルーシーはしゃべるつもりではなかったのだが、声をかけた。「ねえ、木さん、起きて、起きて、起きてちょうだい。思い出さないの？　あたしのこと、おぼえてないの？　木の精ドリュアスさん、木の精ハマドリュアスさん、出てきて、あたしのところへ来てちょうだい。」

風はそよとも吹いていないのに、木々はルーシーのまわりでざわついた。葉っぱがカサコソいう音は、まるで言葉のようだった。ナイチンゲールは、あたかも聞き耳をたてるかのように、歌うのをやめた。ルーシーは、もう今にも、木々がなにを言おうとしているのか、わかりはじめたように感じた。ところが、わかることなどなかった。カサコソという音が、やんだ。ナイチンゲールがふたたび歌いだした。月明かりを浴びながら、森はまたふつうにもどってしまった。みなさんも、だれかの名前とかなにかの日付を思い出そうとして、もうのどまで出かかっているのに、思い出せないということがあるだろう。ルーシーは、そんなふうになにかを逃してしまった感じがした。あたかも、木々に話しかけるのが〇・何秒かで早すぎたかおそすぎたか、あるいは、決め手となる言葉をひとつだけ言いそびれてしまったか、それとも、言ってはいけない言葉をひとつだけまぜてしまったのか、なにがいけなかったのかはわからない。

まったく急に、ルーシーはつかれを感じはじめた。それで野営にもどって、スーザンとピーターのあいだにもぐりこむと、数分で眠りに落ちた。

あくる日の朝、みんなが目ざめたときは、寒くて、すっきりしなかった。太陽はまだ出ておらず、森は灰色で、なにもかもしめっていて、嫌な感じだった。

「りんごだ、やれやれ。」トランプキンが、悲しそうな苦笑いを浮かべて言った。「あなたがた古代の王や女王は、家来にダイエットでもさせようってんだろうねえ！」

みんなは立ちあがって、ブルブルと身ぶるいして、あたりを見まわした。木々はうっそうとして、どこを見ても数メートルより先は見えなかった。

「陛下たちは、ちゃんと道をおわかりなんでしょうな」と、トランプキン。

「私はわからないわ」と、スーザン。「こんな森、見たことないもの。ほんとは、川沿いに進んだほうがよかったんじゃないかとずっと思ってたのよ。」

「じゃあ、川からはなれるときに、そう言えばよかったじゃないか」と、ピーターはぴしゃりと言ったが、それも無理はなかった。

「おい、スーの言うことなんか気にするなよ」と、エドマンド。「いつだって、しらけることを言うんだ。ピーター、あのポケット・コンパス〔方位磁石〕を持ってるだろ？　よし、じゃあ、問題なしだよ。このままずっと北西にむかえばいいんだ――あの小さな川をこえて。なんていう川だっけ――《しぶき川》だ。」

「わかった」と、ピーター。「ベルーナの浅瀬、つまりDLFの言いかただと《ベルーナの橋》のところで、大川に流れこんでる川のことだね。」

「そうそう。あれをこえて丘をのぼると、八時か九時には石舞台に着くよ。つまり《アスラン塚》にね。カスピアン王がおいしい朝ごはんをくれるといいなあ。」

「あなたの言うとおりだといいけど、私、そういったこと、ぜんぜんおぼえられなくて」と、スーザン。

「だから、女の子ってだめなんだよ。頭のなかに地図がないからなあ。」エドマンドは、ピーターとトランプキンに言った。

「そりゃあ、あたしたちの頭には、地図なんかじゃないものがつまってるもの」と、ルーシーは言った。

最初は、順調に森のなかを進んでいるように思えた。かつて道だったところを見つけたとさえ思った。けれども、道だと思っていたらそうではなかったなんて、森ではよくあることだ。五分もすれば、道は消えてしまい、それから別の道を見つけたと思い（それが、別の道ではなくて、さっきの道のつづきなのではないかと期待するのだが）、それもまた消えてしまい、正しい方角からすっかりはずれてしまったあとで、これまで通ったどの道も歩いてきてはいけなかったところだとわかるのだ。けれども、男の子たちとトランプキンは、森になれていたので、数秒もしないうちに、これではいけないと気がついた。

三十分ほど、とぼとぼと歩いたところで（三人は、きのうボートをこいだせいで、体のあちこちが痛んでいた）、ふいにトランプキンがささやいた。

「とまって。」

全員とまった。トランプキンは、低い声で言った。

「なにか、あとをつけてくるぞ。というか、追いかけてくる。あそこの左だ。」

みんなはじっと立ちすくみ、耳や目が痛くなるまで、聞き耳をたて、目をこらした。

「あなたと私は、それぞれ矢をつがえておいたほうがいいわ。」スーザンがトランプキンに言った。トランプキンはうなずき、矢を射る用意ができると、一行はまた歩きはじめた。

　かなりひらけた森のなかを、ものすごく気をつけながら、数十メートルほど進んだ。すると、藪《やぶ》がしげっている場所に出て、その藪のすぐ近くを通らなければならなかった。そこを通ったまさにそのとき、なにかが、かみなりのように、小枝をバリバリとつきやぶって、うなりながら飛び出してきた。ルーシーはなぐりたおされて、息がつけなくなったが、たおれるときに弓のビュンと鳴る音が聞こえた。気がついてみると、トランプキンの矢がわきばらにささった、巨大なおそろしい灰色グマが死んで横たわっていた。

「この弓の試合じゃ、DLFに負けたね、スー。」

　ピーターが、こわばったほほえみを浮かべて言った。ピーターでさえ、こわかったのだ。

「私――私、ぐずぐずしてしまったわ。」スーザンは、まごついた声で言った。「ひょっとしたら――私たちの仲間じゃないかしらって、つまり、口をきくクマじゃないかしらって思ってしまったの。」

　スーザンは、殺生が嫌いだったのだ。

「そこがめんどうなところでさ」と、トランプキン。「獣《けもの》のほとんどが敵となって、口がきけなくなったものの、まだそうじゃないものもいるからねえ。わからんけれども、見わけるまで待ってはいられん。」

「かわいそうなクマさん。口がきけたんじゃないかしら？」と、スーザン。

「こりゃ、ちがうね」と、トランプキン。「顔を見て、あのうなり声を聞きゃわかる。おじょうちゃんを朝めしに食おうとしただけだ。朝めしと言えば、カスピアン王がおいしい朝食をくれるといいなんておっしゃってたとき、陛下がたをがっかりさせたくなかったんで言わなかったが、食糧は王の宿営でもかなり少ないんです。でもって、クマっていうのは、食べられるところがたくさんある。この死体から少しいただきもしないで捨てちまうのはもったいない。いただいても、三十分と手間はかからない。お若いおふたり――王さまがたと言うべきだった――は、クマの皮をはぐやりかたをご存じですか？」

「ずっとむこうへ行って、すわってましょ。それがどんなにやっかいな、嫌な仕事か、私、知ってるもの。」

スーザンの言葉に、ルーシーは身をふるわせて、うなずいた。ふたりではなれたところまで行ってすわると、ルーシーは言った。

「ものすごくこわいこと、考えちゃった、スー。」

「なあに？」

「あたしたちの人間の世界で、つまりここに来る前の世界で、いつか人間がここの動物みたいに野生になって、それでも人間みたいに見えて、人間なのかどうなのかわかんなくなったらどうする？」

「ナルニアでは、今、それよりも頭をなやませなきゃならないことがいっぱいあるわ。そんな想像してる場合じゃないのよ。」現実的なスーザンは言った。

ふたりが男の子たちのもとへもどってみると、みんなで運べると思われるだけの、おいしい部位の肉が切り取られていた。生肉は、ポケットに入れるには気持ちのよいものではないが、きれいな葉っぱにくるんで、じょうずにポケットにしまった。子どもたちはもういろいろな経験を積んできたので、ぺこぺこにおなかがすくまで長いこと歩けば、このぐにゃぐにゃの気持ちの悪い包みに対する思いもすっかり変わるものだと心得ていた。

こうしてまた、てくてく歩きだした。（三人は手を洗う必要があったので、小川が見つかると、まず立ちよった。）やがて日がのぼり、鳥が歌いはじめ、ワラビのしげみには、嫌になるほどハエが飛びまわった。きのうボートをこいだためにかたくなった体も、だんだんほぐれてきた。みんなの気分がよくなってきた。太陽はどんどん暖かくなり、みんなは、兜《かぶと》をぬいで、腕にかかえた。

「こっちでいいんだよね？」一時間ほどしてエドマンドが言った。

「左によりすぎてなければ、道にまよったはずはないよ」と、ピーター。「右によりすぎたとしても、あの大川に早く出すぎて、近道ができなくなるぶん、少し時間をむだにするくらいだよ。」

ふたたびみんなは、ひたすら歩き、重たい足音と鎖帷子《くさりかたびら》のジャラジャラいう音以外、なんの音もしなかった。

ずいぶん歩いてから、エドマンドが言った。

「そのいまいましい《しぶき川》は、どこ行っちまったんだ？」

「たしかに、もうぶつかってもいいはずなんだがなあ。でも、とにかく進むしかないよ。」

ピーターとエドマンドは、トランプキンが心配そうにこちらを見ているのに気づいていたが、トランプキンは何も言わなかった。

そしてふたたび、みんなはとぼとぼと進んだが、鎖帷子《くさりかたびら》がとても熱くて重たく感じられだした。

「どういうことだ？」急にピーターが声をあげた。

いつのまにか、小さな崖《がけ》っぷちにやってきていたのだ。足もとを見おろすと、峡谷の底に川が流れている。むこう側の絶壁は、さらに高くそそり立っていた。エドマンド（と、たぶんトランプキン）を別にして、崖をのぼれる者はいなかった。

「ごめん。ここまで来たのは、ぼくの責任だ。道にまよったんだ。見たことのない場所に出てしまった」と、ピーター。

トランプキンが、歯のあいだから長い口笛を吹いた。

「あら、もどって、別の道を行きましょうよ。こんな森のなかじゃ、どうせ道にまようって最初からわかってたわ」と、スーザン。

「スーザンたら！」ルーシーが責めるように言った。「そんな言いかたってないでしょ。ひどいわ。ピーターだって、一所懸命やってたのよ。」

「ルーシーだって、そんなふうにスーに当たるもんじゃないさ。スーの言うとおりだと思う」と、エドマンド。

「なんてこった、パンナコッタ！」トランプキンが、さけんだ。「ここまで来るのに道にまよったんなら、帰りの道はまよわずにわかるんですか？　それにかりに島まで帰れて、最初からやり直そうってんなら――かりに、そうできるとしての話ですが――なにもかもあきらめちまったほうがましです。そのペースでようやくおいらたちがたどりついたころには、ミラーズがカスピアン王をやっつけちまってるでしょうよ。」

「このまま行くべきだっていうこと？」ルーシーが言った。

「英雄王は、ほんとに道にまよったのでしょうか。この川が《しぶき川》でないとする理由はなんですか？」と、トランプキン。

「だって、《しぶき川》は峡谷になんかないんだ。」ピーターは、いらだちをかくしきれずに言った。

「陛下は、ないとおっしゃるが、なかったとおっしゃるべきではありませんか？」トランプキンは答えた。「陛下がこの国のことをご存じだったのは、何百年も前、ひょっとすると一千年も前のことだ。それから変わったのでは？ 山くずれが起きて、あの山の半分がくずれて、岩肌がむきだしになって、それで峡谷のむこう側にあるあの崖ができたのかもしれない。そして《しぶき川》が何年もかけて川底をけずって、こちら側の小さな崖ができたのかもしれない。さもなきゃ、地震かなにかあったのかもしれませんよ。」

「そいつは、思いつかなかった」と、ピーター。

「ともかく、こいつが《しぶき川》でないにせよ、だいたい北へ流れているから、いずれ例の大川に流れこみます。おいらがひとりでみなさんをお迎えにおりてきたとき、そんなところを通った気もします。ですから、右側の下流のほうへ行けば、大川に出るでしょう。思ってたほど上流には出られないかもしれませんが、せめておいらの通った道に出られれば悪くないでしょう。」

「トランプキン、たのもしいなあ、きみは。じゃあ、行こう。こっち側の峡谷をおりるんだ」と、ピーター。

「見て！ 見て！ 見て！」ルーシーがさけんだ。

「どこ？　なに？」みんなが言った。

「ライオンよ。アスランだわ。見えなかった？」と、ルーシー。

ルーシーの顔つきはすっかり変わって、目がかがやいていた。

「ほんとに、見たの——？」ピーターが言いかけた。

「どこに見えたように思うの？」スーザンがたずねた。

「大人みたいな言いかたをしないで。見えたように思うんじゃないの。見たのよ。」

ルーシーは、じだんだをふんで言った。

「どこに、ルー？」ピーターがたずねた。

「あのナナカマド〔赤い小さな実がまとまって生《な》るバラ科の高木〕の林のあいだの上のほう。いえ、谷のこちら側。下じゃなくて、上のほう。今、行こうとしていたのと反対側。そして、アスランは、あたしたちに、そこに来てほしがっていたわ——上のほうに。」

「どうして、来てほしがっていたってわかるんだい？」エドマンドがたずねた。

「アスランが——あたし——わかるのよ、顔つきで」と、ルーシー。

ほかの者たちは、たがいにだまって顔を見あわせた。

「女王陛下は、ライオンをごらんになったのかもしれませんが」と、トランプキンが口をはさんだ。「この森にはライオンがたくさんいると聞いております。しかし、さきほどのクマが口をきく味方のクマでなかったように、口をきく味方のライオンではないかもしれませんよ。」

「あら、そんなばかなこと、言わないで。あたしが、アスランかどうか、わからないとでも言うつもり？」と、ルーシー。

「今やかなり年をとったライオンになっていることでしょう」と、トランプキン。「もし、陛下がここにいらしたときに、ご存じだったライオンであるならば！ それに、同じライオンだったにしても、ほかの獣《けもの》同様に、野生化して知恵をなくしているかもしれません。」

ルーシーは真っ赤になった。ピーターがルーシーの腕に手をおかなければ、トランプキンにとびかかっていたかもしれない。ピーターは言った。

「DLFには、わからないんだよ。わかるはずないだろ？ トランプキン、ぼくらがほんとにアスランのことを知っているって理解してくれなきゃならない。なにもかもじゃないけど、知っているんだ。そしてもう二度とそんなふうにアスランのことを言わないでくれ。そういうことをするのは不吉だし、第一ばかげている。問題は、アスランがほんとにそこにいたかどうかということだけなんだ。」

「だから、いたって言ったでしょ。」ルーシーは、目を涙でいっぱいにして言った。

「うん、ルー、だけど、ぼくらには見えなかったんだ」と、ピーター。

「多数決で決めるしかないね」と、エドマンド。

「わかった」と、ピーター。「きみが最年長だ、DLF。どっちにする？　のぼりか、くだりか？」

「くだりです」と、トランプキン。「おいらは、アスランのことはなにも知りません。だけど、左に曲がって、谷をのぼっちまうと、川をこせる場所をさがすのは一日がかりになりますよ。そうじゃなくて右へおりていけば、数時間で大川へ出られる。それに、ほんとに本物のライオンが近くにいるなら、そばによるんじゃなくて、はなれたいですね。」

「スーザン、きみは？」

「怒らないでね、ルー」と、スーザン。「私はおりたほうがいいと思うの。ものすごくつかれちゃった。できるだけ早くこのひどい森からぬけだしましょうよ。それに、あなた以外のだれも、なにも見ちゃいないんだし。」

「エドマンド？」と、ピーター。

「うん。言いたいのは、これだけだ。」エドマンドは、少し赤くなりながら、早口で言った。「一年前——というか、一千年前なのかもしれないけど——初めてナルニアを発見したとき、最初に見つけたのはルーシーで、ほかのみんなは、だれもルーシーを信じてあげられなかった。とくに、ぼくは最悪だった。おぼえている。だけど、結局、ルーシーの言ったとおりだったじゃないか。こんどこそ、ルーシーを信じてあげなきゃいけないよ。ぼくは、のぼるべきだと思う。」

「まあ、エド！」ルーシーは、エドマンドの手をにぎった。

「こんどは、あなたの番ね、ピーター」と、スーザン。「そして、できれば——」

「ああ、だまって、だまって、考えさせてくれ」と、ピーターがさえぎった。「ほんとはこんな決めかたなんかしたくないんだ。」

「あなたが、いちばんえらい王なのですぞ」と、トランプキンはきびしい声で言った。

長いあいだ考えてから、ピーターは言った。

「くだりだ。やっぱりルーシーが正しかったってことになるんだろうけど、しょうがないよ。どっちかにしなきゃならないんだ。」

そこで、みんなは、崖《がけ》のはじに沿って、下流へと右へ進んだ。ルーシーは、激しく泣きじゃくりながら、いちばんあとからついていった。

# 第十章

# ライオンの帰還

崖っぷちを歩くのは、思ったよりもたいへんだった。何メートルも進まぬうちに、崖のぎりぎりはしに生えている若いモミの森にぶつかってしまった。それをぬけようとして、しゃがんだり、枝を押したり十分ほどがんばってみたが、こんな調子では一時間に一キロも進めないとわかった。そこで、もとにもどって外へ出て、モミの森をぐるりとまわって行くことにした。このため、予定よりずっと右へ行くことになり、崖も見えなくなり、川の音も聞こえなくなり、またすっかりまよってしまったのではないかと心配になった。時刻はだれにもわからなかったが、一日のうちいちばん暑いころになってきていた。

ようやく峡谷のはしにもどってきたとき（歩きだしたところより、一キロ半ほど下のところだった）、みんなが立っている崖がかなり低くなって、くずれていることに気がついた。やがて、峡谷へおりていく道が見つかり、川ばたを歩いていくことにした。しかし、まずはひと休みして、ごくごくと水を飲んだ。もうだれも、カスピアンとの朝食のことも昼食のことも、口にしなかった。

崖の上を歩くのをやめて、《しぶき川》沿いにおりてきたのは正解だったかもしれない。これで方角をまちがえようがなくなったからだ。モミの森のことがあって以来、方角を大幅にずれて迷子になるのがとてもおそろしく思われた。この森林地帯は古くて、人がふみ入ったこともなかったから、まっすぐ進むなんて無理だったのだ。絶望的なイバラが生えていたり、木がたおれていたり、沼になっていたり、藪《やぶ》がうっそうとしていたりして、とにかく前へ進めなかった。とは言え、《しぶき川》の峡谷も、急いでいる子どもたちにはとても歩きづらいものだった。午後の散歩のしめくくりに、川辺でピクニックをしましょうというときには、すてきな場所だろう。そうしたときにふさわしい、ゴウゴウと音を立てる滝もあれば、段になって流れる銀色の小さな滝もあれば、琥珀色《こはくいろ》をした深い池もあれば、コケの生えた岩もあれば、くるぶしまで足を沈められるふかふかのコケの生えた土手もあった。いろいろなシダも生えていて、宝石のようなトンボもいて、ときにはタカが頭上を舞うこともあった。ピーターとトランプキンは、ワシも飛んでいると思った。けれども、子どもたちとトランプキンができるだけ早く見たかったのは、下流にあるはずの大川であり、ベルーナの浅瀬であり、《アスラン塚》への道だった。

進んでいくと、《しぶき川》は岩場の下へ深く落ちこむようになっていった。歩くというよりは、山くだりといった感じになってきた。みんなは、ときには、すべりやすい危険な岩場を伝って進まなければならなかった。足をすべらせでもしたら、暗い裂け目に落ちてしまう。底では川が怒ったようにうなりをたてて流れていた。

みんなは左の崖をじっと見つめて、どこかに切れめはないか、どこかのぼれる場所はないかと目をこらした。しかし、この断崖《だんがい》絶壁は、どこまでも残酷だった。今いる峡谷から出て、左の崖の上へ出られさえすれば、そこからなだらかな坂道をほんの少し行くだけでカスピアン王の本営に着くとわかっていただけに、なんともくやしいことだった。

男の子たちとトランプキンは、そろそろ火をたいて、クマの肉を料理したいと思っていた。スーザンはそんなことよりも、「さっさとこのいまいましい森を出てしまいましょうよ」と言うのだった。ルーシーは、あまりにもつかれきってしまい、つらい気持ちでいっぱいだったので、なにかの意見を言う気にはなれないでいた。でも、かわいた木もなかったので、だれがなにを考えようが、あまり問題にはならなかった。男の子たちは、「生肉って、そんなにひどいものなのかな」と言いだしたが、トランプキンは、「生で食べてはだめです」と、はっきり言った。

もちろん、こんな旅をイングランドで数日前にやっていたら、子どもたちはばたんきゅうとのびていたはずだ。ナルニアのせいで、みんなが変わってきたという説明は前にしたとおりだ。ルーシーでさえ、今では、いわば三分の一は初めて寄宿学校へ行く少女であっても、三分の二はナルニアの女王ルーシーだったのだ。

「やっと着いたわ！」スーザンが言った。

「うわっ、やったぜ！」と、ピーター。

峡谷がちょうど曲がって、ずっと遠くまで見晴らせるようになったのだ。大きな野原が地平線までひろがっていて、そのあいだに、幅広い銀色のリボンのような大川が流れていた。川が浅くなってひろがっている一帯も見えた。昔はベルーナの浅瀬と呼ばれていたところだ。今では、橋がかかっており、橋にはアーチ形の橋げたがたくさんついていた。橋のむこうには、小さな町があった。

「まちがいない。あの町があったあそこで、ぼくらはベルーナの戦いをやったんだ！」と、エドマンド。

このことで、男の子たちはすっかり元気づいた。数百年前、すばらしい勝利をおさめたのみならず王国を守ってみせた場所を目にすれば、だれだって自分が力強く感じられるものだ。ピーターとエドマンドは夢中で戦いの話をした。足が痛かったのも、重たい鎖帷子《くさりかたびら》をつけていることも忘れるほどだ。トランプキンも、それをおもしろがって聞いていた。

それからは、みんなの足どりが速くなった。進むのも楽になった。左にはまだ切り立った崖があったが、川の右の岩場が低くなっていった。そのうちに両側の絶壁もなだらかになって、V字形の谷でしかなくなった。滝もなくなり、やがてみんなはまた、かなりうっそうとした森のなかを進んでいた。

そのときだ――突然のことだった。ヒュッという音がして、それからキツツキが木をつつくようなコンという音がした。子どもたちが「大昔、そんなような音をどこで聞いたのかしら。そして、どうしてその音が大嫌いなんだろう」と思っていると、トランプキンがさけんだ。

「ふせろ！」

トランプキンは、ちょうどとなりにいたルーシーを、ワラビのしげみのなかへぺちゃんこにおしつけた。リスがいないかしらと木を見あげていたピーターは、飛んできたものを見た。長くておそろしい矢が、頭のすぐ上の木の幹に、コンとささったのだ。スーザンを押したおしながら、自分も身をふせると、もう一本、肩ごしにギュンと来て、となりの地面にささった。

「早く！　早く！　もどれ！　這《は》うんだ！」トランプキンが息を切らしながら言った。

みんなは、まわれ右をして、ワラビのしげみにかくれ、ぶんぶんとものすごくたかっているハエのなかを、谷の上のほうをめざして、身をよじるようにして進んだ。矢がまわりにビュンビュン飛んでくる。一本がピンというするどい音をたててスーザンの兜に当たり、落ちた。みんなは、もっと急いで、這って逃げた。汗がだらだらと、たれてくる。それから、身をかがめて走りだした。男の子たちは、剣に足を引っかけるのが嫌で、手で剣をおさえていた。

　心が折れそうになった。これまで旅してきたところを逆もどりして、またのぼっていくのだから。たとえ殺されるとしても、もうこれ以上は走れないところまで来ると、みんな大きな丸石にかくれるようにして、滝のそばにあるしめったコケの上にたおれこんで、ぜいぜい息をついた。いつのまにかずいぶん高いところまでのぼってきたとわかると、おどろいた。

　一同は一心に耳をすましたが、あとから追ってくる音は聞こえてこなかった。

「もう、だいじょうぶだ。」深い息をついて、トランプキンが言った。「やつらは、森のなかまでさがしに来ていない。ただの見張りの兵だろう。だけど、ミラーズがすぐそこまで見張らせているということだ。ハエはいたけど、アブがなくて、いやはやまったく、アブない、アブない。」

「みんなをこっちに連れてきたりして、ぼくはこの頭をガツンとやられるべきだな」と、ピーター。

「とんでもない、陛下」と、トランプキン。「そもそも、グラスウォーターの入り江を行こうと最初におっしゃったのは、あなたではなく、弟君の王エドマンドだった。」

「DLFの言うとおりだよ。」

　事態が悪化してからというもの、そのことをきれいさっぱり忘れていたエドマンドは言った。

「それに」と、トランプキンはつづけた。「おいらが通った道で行っていたら、きっとあの新しい見張りたちのいる場所のどまんなかへ入りこんでいたか、少なくとも、やっぱり同じように矢を射かけられていましたよ。入り江の道を来てやっぱりよかったと思いますね。」

「わざわいと思っていたら福だった、っていうわけね」と、スーザン。

「わざわいとしか思えない！」と、エドマンド。

「こうなったら、峡谷にひきかえさなきゃね」と、ルーシー。

「ルー、きみはえらいなあ」と、ピーター。「ほら見たことかって言ってもいいのに、そんなやさしい言いかたをするんだもの。じゃ、行こう。」

「そして、森の奥へ入ったらすぐに、だれがなんと言おうと、おいらは火をおこして、夕ごはんをこしらえますよ。でも、とにかくここから、はなれなくちゃ」と、トランプキン。

　どんなふうに峡谷へがんばってひきかえしたかはお話しするまでもないだろう。かなりたいへんだったが、奇妙なことに、みんなずっと陽気になっていた。調子をとりもどしてきたのだ。それに「夕ごはん」という言葉には、すばらしい効きめがあった。

昼間にかなり苦労をしたモミの森のところまで来ると、一行は、その上流よりのくぼ地で野宿をした。たきぎ集めはめんどうだったが、火がボッと燃えあがると、なかなかすてきだった。みんなは、しめっていてべとつくクマの肉の包みを取り出しはじめた。それは、おうちでふつうの生活をしている人だったら、捨ててしまうような代物だった。トランプキンは、料理についてすばらしいアイデアをもっていた。みんながまだりんごをもっていたので、それぞれのりんごをクマの肉で包んで――ちょうど、りんごを練り粉で包んで焼くおかしみたいに、練り粉のかわりに肉で包んで、ずっと大きなだんごを作って――するどい串《くし》にさして、火であぶるのだ。りんごの汁が、ローストポークのアップルソースみたいに、肉にしみこんだ。ほかの動物を食べすぎたクマはあまりおいしくないが、はちみつやくだものをたっぷり食べたクマの肉は最高であり、このクマはまさにそういうおいしいクマだった。本当にすばらしい夕食だった。もちろん、あとかたづけの皿洗いなどもない。ただ、ごろりと横になって、トランプキンのパイプの煙をながめ、つかれた脚をのばして、おしゃべりするだけだった。だれもが、明日《あした》カスピアン王を見つけて、数日したらミラーズをやっつけられると、強く思っていた。そんなふうな気分になるのは分別があるとはとても言えなかったかもしれないが、そう感じたのだ。

みんな、ひとり、またひとりと、眠りに落ちて、全員あっというまに寝ていた。

ルーシーが、これ以上ないほど深く眠っていたとき、世界一大好きな声に名前を呼ばれている気がして、目をさました。最初、お父さんの声かしらと思ったのだが、そうではないようだ。それから、ピーターの声かなとも思ったが、それもちがった。ルーシーは、起きあがりたくなかった。つかれていたせいではない――それどころか、すばらしくつかれが取れていて、体じゅうの痛みは消えていた。あまりにもしあわせで気持ちがよかったので、このまま横になっていたかったのだ。ルーシーは、ナルニアの月をまっすぐ見あげていた。人間界の月よりも大きな月だ。それから、星空を見つめた。野宿したところは広場だったから、空がよく見えた。

「ルーシー」と、また呼び声がした。お父さんの声でも、ピーターの声でもない。ルーシーは、身を起こし、わくわくする気持ちで身ぶるいした。こわかったのではない。月がとっても明るいので、まわりの森林のようすが昼間のようにはっきり見えた。ただ、昼間よりも荒々しい感じがした。うしろにはモミの森がある。右の遠くのほうには、峡谷のむこう側の切り立った崖《がけ》のでこぼこしたてっぺんが見えた。まっすぐ前方は、ひらけた野原で、矢が届くぐらいの先から林になっている。ルーシーは、その林の木々をじいっと見つめた。

「まあ、動いてるわ」ルーシーはひとりごとを言った。「木が歩きまわってる。」

ルーシーは立ちあがり、心臓をドキンドキンと高鳴らせながら、木々のほうへ歩いていった。林のなかで物音がしているのはまちがいないのだ。強風のときに木々がたてるような音だが、今晩は、風はまったくなかった。しかも、ふつうの木の音というわけでもない。ルーシーは、なにかメロディーのようなものがあると感じたが、はっきりとはわからなかった。ちょうど、ゆうべ、木々がもう少しで話しかけてきそうになったときに、その言葉がわからなかったときのようなもどかしさがあった。しかし、少なくとも軽快な調子があった。近づくにつれ、ルーシーは、ステップをふんで踊りだしたくなった。そして、今や、木々がほんとに動いていることは疑いようがなかった――むずかしいカントリー・ダンス〔イギリス民俗舞踊〕を踊っているかのように、たがいに前へうしろへと、いれちがうように動いているのだ。

「木が踊ったら、ほんとのほんとに田舎《カントリー》の踊りだわ」と、ルーシーは思った。

ルーシーは、もう今にも、木々のなかに入ろうというところまでやってきた。最初にルーシーが見た木は、ちらりと見ただけでは、ぜんぜん木ではなくて、ひげぼうぼうで、頭がものすごくもじゃもじゃになった大男のようだった。こわくはなかった。見おぼえがあったからだ。けれども、もう一度見てみると、まだ動いてはいるのだが、やっぱりただの木なのだ。もちろん足なのか根っこなのかはわからないが、動くときは、地表を歩いたりはしない。水の上をすべるように、ずるずるとずれるのだ。どの木を見ても、そういう動きをしていた。あるときは、親切そうな、すてきな巨人のように見えた。よい魔法のおかげで木々に元気がみなぎると、そんな姿になるものなのだ。しかし、つぎの瞬間、単なる木々にもどってしまった。ただ、木々にもどっても、ふしぎに人間っぽい感じがしたし、人間の姿をしていても、枝やら葉っぱやらがいっぱいのふしぎな人のように見えた。そしていつも、奇妙な、カサカサという、すずしげで楽しい、軽快なひびきがずっと聞こえていた。

「目をさましかけてるけど、まだすっかりさめてないんだわ。」そう言いながらも、ルーシー自身は、自分がぱっちりと、ふだん以上に目がさめている感じがした。

ルーシーはこわがりもせずに、踊りながら木々のなかへ入っていった。大きな相手にぶつかられないように、あちらこちらへとびはねながら。けれども、踊りたいわけではなかった。木々をこえて、そのむこう側へ行きたかったのだ。やさしい呼び声が聞こえてきたのは、そのむこう側からだったのだ。

やがて木々を通りぬけた。（枝を腕で押してよけたりしたのか、それとも大きな輪になっている踊り手たちが身をかがめてのばしてくれた手を取って進んだのか、よくわからなかった。）とにかく木々は、まんなかの空き地をかこんで、ほんとにぐるりと輪になっていた。ルーシーは、そのすてきな光とかげが入りみだれて動く輪のなかから、空き地へと足をふみ出した。

ルーシーに見えたのは、芝生のようにきれいな草の生えた円い空き地で、そのまわりを黒っぽい色の木々が踊っていた。そして、そこには、月明かりのなかで白くかがやく大きなライオンが、足もとに大きな黒いかげを落としていた。

「ああ、うれしい！　アスランだわ！」

しっぽが動いていなかったら、石のライオンに見えたかもしれないが、ルーシーはそんなことをちっとも思わなかった。それが味方のライオンなのかどうかと立ちどまって考えることすらなく、ルーシーは駈《か》けよった。一瞬でもおくれたら、心が張り裂けてしまうのではないかと感じたのだ。そして、つぎの瞬間には、アスランにキスをして、首のまわりに思いきり腕をまわして、その美しく豊かなつやつやしたたてがみに顔をうずめていた。

「アスラン、アスラン、大好きなアスラン。」ルーシーは、すすり泣いていた。「ようやく会えたわ。」

大きな獣《けもの》は、ごろりと横になったので、ルーシーはなかばその前足のあいだに横ずわりをするようなかっこうになった。アスランは前のめりになり、舌でルーシーの鼻にふれた。温かい息がルーシーを包みこんだ。ルーシーは、その大きな、かしこそうな顔を見つめた。

「よく来た、おさな子よ」と、アスランは言った。

「アスラン、大きくなったのね」と、ルーシー。

「それは、きみが年をとったからだ。」アスランは答えた。

「あなたが年をとったからではなくて？」

「私は年をとらない。だが、きみは毎年成長するにつれ、私を大きく思うだろう。」

しばらくのあいだ、ルーシーはあまりにしあわせだったので、口をききたくなかった。けれども、アスランは話しだした。

「ルーシー。ここで長いこと横になっているわけにはいかない。きみにはしなければならないことがある。そして、今日、ずいぶん時間をむだにした。」

「そう、ひどすぎるでしょ？　あたしはちゃんとあなたを見たのに。信じてくれないなんて。みんな、ほんとに――」

アスランの体のどこか深いところから、うなり声がするようなかすかな気配があった。

「ごめんなさい。」ルーシーは、アスランの気持ちを察して言った。「みんなの悪口を言うつもりじゃなかったの。でも、あたしがいけなかったわけでもないでしょ？」

ライオンは、まっすぐルーシーの目を見つめた。

「まあ、アスラン。あたしがいけなかったって言うの？　どうして――みんなからはなれて、ひとりっきりであなたのところへ行くわけにはいかないでしょ？　そんなふうに見ないで……そうね、やろうと思ったらやれたかもしれない。そうね、それにひとりっきりじゃないものね。わかってる。あなたといっしょなら。でも、そんなことをして、どうなったっていうの？」

　アスランは、なにも言わなかった。

「それじゃあ、そうすればよかったと言うの？」ルーシーは、とても弱々しい声で言った。「でも、どうして？　教えて、アスラン！　あたしは知ってはいけないの？」

「そうしていたらどうなっていたかを知る、ということかね、わが子よ。」と、アスラン。「いや。だれも、それを知ることはない。」

「まあ。」

「だが、これからどうなるかは、だれにでもわかる。みんなのところへもどって、みんなを起こしなさい。ふたたび私を見たことを告げて、すぐにみんな起きて私のもとへ来なければならないと告げたら――どうなるか？　それを知る方法はひとつだけだ。」

「あたしにそうしろということ？」ルーシーは息をのんだ。

「そうだ、おさな子よ。」

「みんなにも、あなたが見える？」ルーシーは、アスランにたずねた。

「最初は、無理だ。場合によっては、あとで見える。」

「それじゃ、あたしを信じてくれないわ！」

「かまわない。」

「そんな、そんな。あなたに会えてこんなにうれしかったっていうのに。そばにいさせてくれるものだとばかり思ってたのに。大声で吼《ほ》えてくれて、こないだみたいに、敵を追いちらしてくれると思ってたのに。それじゃあ、なにもかも、ひどいことになっちゃうわ。」

「きみには、つらいことだ、おさな子よ。だが、ものごとは決して、昔と同じように起こることはないのだ。これまでナルニアでは、みなつらい思いをしてきた。」

ルーシーは、アスランから顔をかくしたくて、たてがみに顔をうずめた。けれども、たてがみには魔法がかかっていたにちがいない。ライオンの力が、自分のなかに入ってくる気がした。突然、ルーシーは身を起こした。

「ごめんなさい、アスラン。もう、だいじょうぶ。」

「今や、きみはライオンだ」と、アスラン。「これより、ナルニアのすべてが新しくなるだろう。だが、おいで。一刻の猶予《ゆうよ》もないのだ。」

アスランは立ちあがって、のっしのっしと、足音もたてずに、さっきルーシーが出てきた踊る木の輪のほうへ歩いていった。ルーシーは、ぶるぶるとふるえる手をたてがみにおきながら、アスランについていった。木々は二手に分かれて、ふたりを通し、ほんの一瞬、完全な人間の姿になった。ルーシーには、背の高い、すてきな森の神々と女神たちが、いっせいにアスランにおじぎをするのが見えた。つぎの瞬間、また木々にもどっていたが、枝や幹がうやうやしく曲がって、まるでおじぎしながら踊っているようだった。木々のあいだをすっかり通りぬけたあと、アスランは言った。

「さあ、おさな子よ、私はここで待っていよう。みんなを起こして、ついてくるように言いなさい。みんなが来なくても、せめてきみだけでも来なければならない。」

四人を起こさなければならないのは、嫌なものだった。自分より年上で、みんなつかれきっているのだ。きっと信じてもらえないことを話し、絶対したがらないことをさせるなんてできるだろうか。

「考えてはだめだわ。とにかくやらなくちゃ。」

ルーシーは、まずピーターのところへ行って、体をゆさぶり、「ピーター、起きて。急いで。アスランがいるの。すぐについてきなさいって」と、耳もとでささやいた。

「もちろんだよ、ルー。きみの言うとおりにしよう。」ピーターは思いがけないことを言った。ルーシーは、やった！と思ったが、ピーターがすぐごろりと寝がえりを打って、また眠ってしまったので、どうしようもなかった。

つぎに、スーザンを起こしてみた。スーザンはちゃんと起きてくれたが、例の嫌な大人びた声でこう言っただけだった。

「夢でも見たのよ、ルーシー。また寝なさい。」

こんどはエドマンドだ。なかなか起きてくれなかったが、とうとう起きると、エドマンドはすっかり目をさまして、身を起こした。

「なに？」エドマンドは、不機嫌な声を出した。「なんだって？」

ルーシーはもう一度言った。同じことをくり返すたびに、なんだかうそくさくなるので、ルーシーはとても嫌だった。

「アスランが！」エドマンドは、飛びあがって言った。「やったぁ！　どこ？」

ルーシーは、アスランが待っているのが見えている場所をふり返った。アスランのしんぼう強い目と目が合った。

「あそこよ」と、ルーシーは指さした。

「どこだよ？」エドマンドは、また聞いた。

「あそこ。あそこよ。見えないの？　木のこっち側。」

エドマンドはしばらく目をこらしていたが、それから言った。

「いや。あそこにはなにもないよ。月明かりに目でもくらんで、見まちがえたんだろ。そういうことってあるよ。一瞬ぼくにも、なにか見えた気がしたけど。視覚的なんとかっていうやつだよ。」

「あたしには、ずっと見えてるの。こっちをまっすぐ見てるわ」と、ルーシー。

「じゃあ、どうしてぼくには見えないんだ？」

「アスランは、あなたには見えないかもって言ってた。」

「どうして？」

「知らない。そう言ってたの。」

「やんなっちゃうなあ、もう」と、エドマンド。「そうやって、ないものを見るの、やめてほしいな。だけど、みんなを起こすしかないな。」

# 第十一章

# ライオンの咆哮《ほうこう》

全員がようやく目をさましたとき、ルーシーは、四度めになるが、また話をしなければならなかった。そのあとの、しらっとした沈黙は、なによりもたえがたいものだった。

「ぼくには見えないよ。」目が痛くなるほどじっと見つめたあとで、ピーターが言った。

「スーザン、きみは見える？」

「いえ、もちろん見えないわ。」スーザンはぴしゃりと答えた。「だって、なんにもないんだもの。ルーは、夢を見てたのよ。横になって寝なさい、ルーシー。」

「どうか、あたしといっしょに来てほしいの。」ルーシーは声をふるわせた。「だって――だって、ほかのみんながどうしようと、あたしはアスランと行かなきゃいけないから。」

「ばかなことを言わないの、ルーシー」と、スーザン。「もちろん、ひとりで行かせたりできないわ。ピーター、そんなことさせちゃだめよ。勝手なこと言って、悪い子ね。」

「ルーシーがどうしても行くっていうなら、ぼくも行くよ」と、エドマンド。「前も、ルーシーは正しかったじゃないか。」

「それはそうさ」と、ピーター。「今朝だって、ルーシーの言うとおりだったかもしれない。峡谷をおりて、たしかにひどいめにあったからね。だけど――もう夜おそいんだ。それに、どうしてアスランは、ぼくらに見えないんだ？　そんなことなかったじゃないか。アスランらしくないよ。DLFは、どう思う？」

「おや、おいらは、なにも言いませんよ。」トランプキンは答えた。「みなさんがいらっしゃるなら、もちろん、おいらもごいっしょします。二手に分かれるっていうなら、いちばんえらいピーター王といっしょにまいります。おいらは、ピーター王とカスピアン王にお仕えしておりますから。ですが、おいらの個人的な意見をお求めなら、申しあげますが、おいらはありきたりのこびとですから、真っ昼間にわからなかった道が夜になってわかることはないと思いますね。それに、魔法のライオンってのも、よくわかりませんね。口がきけるはずなのに口をきかないし、味方なのになにもしてくれないし、すげえでかいライオンなのに目に見えないってんじゃねえ？　おいらに言わせりゃ、寝言、たわごと、絵空事ってなもんですね。」

「アスランが、あたしたちに急ぐようにって、地面を前足でたたいてるわ」と、ルーシー。「今すぐ行かなきゃ。せめてあたしだけでも。」

「そんなふうに私たちに無理強いしようとしてもだめよ。四対一なんだし、あなたはいちばん小さいんだし」と、スーザン。

「ちぇ、よせよ」と、エドマンドがぶつぶつ言った。「行かなきゃならないよ。そうしなきゃ、おさまりがつかないもの。」

エドマンドはすっかりルーシーの味方をするつもりだったが、夜眠ることができなくなったのが嫌で、ぞんざいな言いかたしかできなかった。

「じゃあ、出発だ。」

ピーターが、うんざりしたように盾に腕を通し、兜《かぶと》をつけた。ほかのときだったら、ルーシーにやさしい言葉をかけていたところだ。大好きな妹だし、どんなにつらい思いをしてきたか知っていたし、なにがどうなろうと、ルーシーのせいではないということはわかっていたからだ。けれども、それでも、ルーシーを少しめんどうに思う気持ちになってしまっていた。

いちばんひどかったのは、スーザンだ。

「私がルーシーみたいなことをしはじめたら、どうなのよ? みんなが行こうが行くまいが、私はここに残るって言い張ったらどうするの。私、そうしますからね。」

「いちばんえらい王に従ってください、陛下」と、トランプキンが言った。「そして、出発しましょう。どうせ眠らせていただけないなら、ここでおしゃべりをするより、出発したほうがましです。」

　こうして、とうとう、一同は動きだした。ルーシーが先頭に立ち、くちびるを噛《か》んで、スーザンに言ってやりたいいろんなことを言わないようにがまんした。けれども、アスランが目に入ると、そんなことはすっかり忘れてしまった。アスランはむきを変えて、ゆっくりとした足どりで、三十メートルほど先を歩いていった。ほかのみんなは、ただルーシーの言うとおりにするよりほかなかった。みんなにアスランが見えなかっただけではない。足音すら聞こえなかったのだ。その大きなネコのような足は、草をふんでもまったく音をたてなかった。

　アスランは、踊る木々の右手にみんなを導いた。木々がまだ踊っていたかどうかはわからない。と言うのも、ルーシーはアスランだけを見て、ほかのみんなはルーシーだけを見ていたからだ。やがて、峡谷の崖《がけ》っぷちに近づいた。

「ぎりぎり、どっきり、これっきり！」と、トランプキンは思った。「わけがわからんままついていってるが、このまま月明かりで崖くだりをして、首の骨を折るなんてことにならなきゃいいが。」

　しばらくのあいだ、アスランは崖っぷちぎりぎりを歩いていった。それから、崖っぷちに小さな木々が生えている場所に出た。アスランは、むきを変えると、その木々のなかへ消えた。ルーシーは息をのんだ。というのも、崖から下へとびおりたように見えたからだ。けれども、とにかく見失ってはいけないから、立ちどまって考えるひまはない。足を速めて、自分も木々のなかに入った。見おろすと、岩場の谷の下のほうへ、ななめにおりていく細い急な坂道が見えた。アスランがその道をおりていっている。アスランは、ふり返って、しあわせを与えてくれるその目でルーシーを見た。

ルーシーは両手を打って、急いで追いかけた。うしろから、みんながさけぶ声がした。

「おい、ルーシー！　気をつけろ、たのむから。崖っぷちにいるんだぞ。もどってこい――」

それから、一瞬のちに、エドマンドの声がした。

「いや、だいじょうぶだ。下へおりる道がある。」

道のとちゅうで、エドマンドがルーシーに追いついた。

「ごらんよ！」エドマンドは、とても興奮して言った。「ほら！　あの前のほうに、おりていくあのかげは、なに？」

「アスランのかげよ」と、ルーシー。

「きみの言うとおりだと信じるよ、ルー。どうしてさっきは見えなかったんだろ。でも、今はどこ？」と、エドマンド。

「かげのあるところよ、もちろん。見えない？」

「うん、もう少しで見えそうな気がしたんだけど――一瞬ね。なんかへんな月明かりだから。」

「そのまま進んでください、王エドマンド、その調子です。」

うしろの上のほうからトランプキンの声がすると、こんどは、ずっとうしろのほう、まだかなり崖のてっぺん近くから、ピーターの声がした。

「がんばれ、スーザン。この手をつかめ。ほら、あかんぼうだって、ここからおりられるよ。ぶつぶつ言うのはやめろよ。」

数分後、みんなは谷底にいて、ザーという川の音が耳いっぱいにひびいていた。アスランは、ネコのようにしなやかに、川のむこう岸へと、石から石へわたっていった。とちゅうでとまると、身をかがめて水を飲み、水をしたたらせながらそのたてがみの顔をあげ、ふたたびみんなのほうをむいた。

こんどこそ、エドマンドには見えた。

「ああ、アスラン！」

エドマンドは大声をあげて、前へ飛び出した。けれどもアスランは、さっとむきを変えると、《しぶき川》のむこう岸の斜面を音もなくのぼりはじめた。

「ピーター、ピーター」と、エドマンドはさけんだ。「見た？」

「なにかが見えたよ」と、ピーター。「でも、この月明かりだと、よくわからないな。

とにかく、前進だ。そして、ルーシー万歳《ばんざい》だ。もう、つかれもふっとんだよ。」

アスランは、ためらうことなく、みんなを左手の峡谷の上のほうへと導いていく。こうして歩いているのは、奇妙な夢のように思えた。うなりをあげて流れる川も、ぬれた灰色の草も、月明かりに照らされた崖も――その崖へ、みんなは近づいてきているのだが――そして、みんなの前をあのすばらしいアスランが静かに歩いているのも、なにもかも夢のようだった。スーザンとトランプキン以外には、もうアスランが見えていた。

やがて、崖をのぼっていく急な坂道に出た。さっきおりてきた反対側の崖よりも、ずっと高いところまでつづいており、このつづらおりの道をのぼる旅は、長くて、つらいものだった。さいわい、月が谷の真上に出てくれたので、谷のどちら側もかげにはならなかった。

ルーシーは、アスランのしっぽとうしろ足が、崖の頂上のむこうへ消えたとき、ほとんど息があがっていたが、最後のひとふんばりの力を出して、アスランについてのぼり、かなりふらふらした足つきで、息を切らしながらも、丘の上に出た。グラスウォーターの入り江を出てからというものずっと目指していた場所だ。そこからは、ゆるやかにくだる斜面（ヒースや雑草が生えていて、月明かりで白く光る大きな岩がちらほらとあった）がずっとひろがっており、八百メートルほど先にかすかに見える林のなかへ消えている。ルーシーには、その先になにがあるか、わかっていた。石舞台の丘に出るのだ。

うしろから鎖帷子《くさりかたびら》の音をジャラジャラさせながら、ほかの子どもたちがのぼってきた。アスランは前方を音もなく林にむかって歩いており、みんなはそのあとにつづいた。

「ルーシー。」スーザンが、とても小さな声で言った。

「なに？」と、ルーシー。

「見えたわ。ごめんなさい。」

「いいのよ。」

「でも、あなたが思っている以上に、私、いけなかったの。ほんとはわかってたんだもの——アスランだってこと——きのうのうちから。モミの森へおりていかないようにアスランが教えてくれたとき。今晩も、あなたがみんなを起こしたとき、やっぱりアスランだって、わかってた。ていうか、ずっと心の奥底ではわかってたの。わかろうという気さえあれば、わかったんだと思う。だけど、森からぬけだしたかったし——それに——ああ、どうしよう。アスランに、なんて言ったらいいの？」

「たぶん、なにも言わなくていいんじゃないかな。」

やがて、林に着き、木々のむこうに、あの大きな、《アスラン塚》が見えた。かつて子どもたちがいた時代ののちに、石舞台の上に築かれた小山だった。

トランプキンが、ぶつぶつ言った。

「わが軍は、しっかりとした見張りをつけていないな。ここに来るまでに、とまれ、と呼びとめる見張りがいないとは――」

「しっ！」四人の子どもたちが言った。アスランが立ちどまり、こちらをふりむいて、みんなに面とむかって立ったからだ。とても堂々としていたので、みんなは、こわいと思いつつ、ものすごくうれしく、うれしいと思いつつ、ものすごくこわい感じがした。男の子たちが前へ一歩出た。ルーシーは、ふたりが出られるよう、わきへどいた。スーザンとトランプキンは、こわくてうしろへさがった。

「ああ、アスラン。」王ピーターが、片ひざをついて、ライオンの重たい前足を自分の顔の前へもちあげて言った。「とてもうれしいです。そして、ごめんなさい。ぼくは、出発してからずっとみんなをまちがって導いてしまいました。とくに、きのうの朝は。」

「わが子よ」と、アスランは言った。

それから、アスランは、むきを変えて、エドマンドを「よくやった」と言って歓迎した。

そして、アスランは少し間をあけてから、深い声で「スーザン」と言った。スーザンは返事をしなかったが、みんなはスーザンが泣いているのだと思った。

「きみは、おそれに耳をかたむけてしまった、おさな子よ。おいで、息を吹きかけてあげよう。忘れるのだ。さあ、勇気が出たかな？」

「少し。アスラン」と、スーザン。

「そして、おつぎだ！」

アスランは、ほんの少し吼《ほ》え声がまじっているような、ずっと大きな声で言った。しっぽがぴしゃりと、アスランの体を打った。

「例の小さなこびとはどこだ？　ライオンの存在を信じない、有名な剣士にして、弓の名人はどこだ？　大地の息子よ、ここへ来い。**ここへ来るのだ！**」

最後の言葉は、吼え声が少しまじるどころか、ほとんど本当に吼えていた。

「オーマイゴッド、オーゴッド、おおごっとだ、おおごとだ！」トランプキンは、声にならない声であえいだ。

アスランのことをよく知っている子どもたちは、アスランがトランプキンのことを大好きだとわかっていたので心配しなかったが、トランプキンにとっては、それどころではなかった。これまでアスランどころか、ライオンなんて一頭も見たことがなかったのだ。トランプキンは、このときできるただひとつのかしこい行動をとった。逃げ出すのではなく、アスランのほうへ、よろよろと歩み出たのだ。

アスランは、飛びかかった。みなさんは、お母さんネコがとても小さな子ネコをくわえて運ぶのを見たことがあるだろうか。ちょうどそんなふうに、トランプキンは、アスランの口からぶらさがって、なさけない小さなボールのように丸まった。アスランがブルンとひとふりすると、トランプキンの鎧《よろい》は、いかけ屋〔鍋《なべ》や釜《かま》を修繕する人〕の道具入れのようにガシャガシャ鳴って——ぴょーん——トランプキンは空中に放り投げられた。トランプキンとしては、こわくてたまらなかったが、実はベッドで寝ているように安全だった。落ちてくると、大きなふわふわの前足がお母さんの手のようにやさしくトランプキンをつかまえ、地面に、頭を上にして立たせてくれた。

「大地の息子よ、私と友だちになるか？」アスランは、たずねた。

「は——は——は——い。」まだ息を切らしていたトランプキンは、あえいで答えた。

「さて、月がしずむ。うしろを見たまえ。夜明けが近づいている。一刻もむだにできない。きみたち三人、アダムの息子たちと大地の息子は、塚のなかへ急ぎ行き、そこで出遭うことに対処しなさい。」

トランプキンはまだ声が出せず、男の子たちも、アスランがいっしょに来てくれるのかたずねる勇気はなかった。三人とも剣を抜いて、あいさつをし、むきを変えて、薄闇のなかへガシャガシャと鎧《よろい》の音をたてながら消えていった。ルーシーは、三人の顔につかれたようすがないことに気づいた。英雄王も王エドマンドも、子どもではなく、大人に見えた。

女の子たちは三人が見えなくなるまで見送って、アスランのそばに立っていた。光が変わってきていた。東の低い空に、ナルニアの明けの明星であるアラヴィルが小さな月のようにかがやいていた。これまでより大きく見えるアスランは、顔をあげて、たてがみをふって、雄叫《おたけ》びをあげた。

その音は、低い音から鳴りはじめたオルガンのようで、最初はびりびりとふるえる音だったが、しだいにあがって大きくなり、さらにもっとずっと大きくなり、大地をゆるがし、大気をふるわせた。雄叫びは、その丘から、ナルニアじゅうにひびきわたった。ミラーズの陣営では、兵隊が目をさまして、真っ青になって顔を見あわせながら武器を取った。それよりも下流の大川では、ちょうどいちばん冷えこむ時間帯だったが、妖精《ニンフ》が頭や肩を水の上に出し、川の神さまも、雑草のようなひげがもじゃもじゃ生えた顔を水からのぞかせた。そのむこうの野原や森では、用心深いウサギたちの耳が穴から飛び出し、眠そうな鳥たちはつばさの下から顔を出し、フクロウがホーホーと鳴き、キツネが吠え、ハリネズミがぶつぶつ言い、木々がざわめいた。町や村では、お母さんがあかちゃんをぎゅっとだきしめて、おびえた目であたりを見まわし、犬たちはクンクン鳴き、男たちはとびあがって、明かりはどこだと手さぐりした。ずっと遠くの北の国境では、山の巨人たちが城の暗い門から外をのぞいていた。

そして、ルーシーとスーザンは見たのだ。なにか黒っぽいものがこちらへやってくるのを。四方八方から丘をこえてやってくる。最初、それは地面を這《は》う黒い霧のように見えたが、近づくにつれてどんどん高くなる黒い嵐の高波のようにも見え、ついには森が動きだしたかのように見えた。

そう、世界じゅうの森がアスランにむかっておしよせてくるのだ。

けれども、木々は近づくにつれ、だんだん木ではなく人間の姿をしていることがわかってきた。アスランにむかっておじぎをしたり、ひざを曲げてあいさつしたり、長くて細い腕をふったりしながら、ルーシーのまわりに集まってくる。青白いカバノキの少女は頭をぐんと上にのばし、ヤナギの女性はアスランを見ようとして、ものうげな顔にかかる髪の毛をうしろにかきあげている。女王のようなブナはじっと立って、アスランをあがめた。毛むくじゃらのオークの男性、やせて憂鬱《ゆううつ》そうなニレ、もじゃもじゃ頭のセイヨウヒイラギ（男性は地味だが、奥さんたちは赤い実をつけていて明るい）、そして陽気なナナカマドなどが、みんなおじぎをしては、また頭をあげて、「アスラン、アスラン！」と、かすれ声やらキーキー声やら波のような声やらをあげていた。

アスランのまわりを踊りまわる集まりは（また、踊りだしたのだ）、あまりにもいっぱいになり、すごい速さで踊っていたので、ルーシーは頭がくらくらしてきた。どこから来たのかわからないが、木々といっしょになって、とびはねる人たちがいた。ひとりは子鹿の皮だけをまとい、ちりちり髪の頭にブドウの葉の冠をつけた若者だった。

その顔は、これほど野性的でなければ、男の子にしてはかわいすぎるほどだった。数日後にこの子を見たエドマンドは、「なにをしでかすかわからない、いたずらぼうずだぜ――まったく、なにをやらかすやら」と言ったが、まさにそのとおりだった。ものすごくたくさんの呼び名があるようで、ブロミオスとかバサレウス、雄羊とも呼ばれていた。そして、この若者と同じくらい荒々しい女の子たちがたくさんいた。また、思いがけず、ロバに乗ってきた人もいた。そして、だれもかれも笑っていて、だれもかれもが、「ユーアン、ユーアン、ユー、オイ、オイ、オイ」とさけんでいた。（酒の神バッコスを呼ぶ呼び声だ。）

「はしゃいでいるのですか、アスラン？」と、その若者は大声でたずねた。

たしかに、みんなはしゃいでいた。けれども、それぞれなにをして遊んでいるのか、考えていることは、みんなちがっているようだった。

オニごっこにも見えたが、ルーシーには、オニがだれかまったくわからなかった。目かくしオニのようでもあったが、まるでみんなが目かくしをしているみたいにふるまっていた。スリッパかくし（体育ずわりで輪になってすわり、脚の下でスリッパをとなりの人にわたしていき、輪の外にいるオニがスリッパを持っている人を当てるゲーム）に似ていなくもないのだが、スリッパはなかった。

さらにわけがわからなくなったのは、ロバに乗ったひどく太ったおじいさんが、

「おやつだよ！　おやつの時間だよ！」と、突然さけんでロバからころげ落ち、またロバに乗せてもらったときだ。ロバのほうはなにもかにもサーカスだと思ったらしく、うしろ足で歩いてみせようとしていた。そのあいだじゅうずっと、あたり一面どんどんブドウの葉がふえていった。

やがて葉っぱだけでなく、つるものびてきた。どこもかしこも、つるだらけだ。つるは、木々の人々の足もとからするするとのびて、みんなの首にまきついた。ルーシーが髪の毛をかきあげようと思って手をあげると、ブドウのつるをかきあげているのだった。ロバは全身つるのかたまりになっていた。しっぽはつるでぐるぐるまきになり、耳と耳のあいだからなにか黒いものがぶらさがっていて、ルーシーがよくよく見ると、それは、ブドウのふさなのだった。そのあとは、いたるところにブドウの実が生《な》った。頭の上も、足の下も、ブドウだらけだ。

「おやつ！　おやつ！」と、また、おじいさんがわめきだしたので、みんなはブドウを食べはじめた。

みなさんのおうちにどんなにりっぱな温室があろうと、こんなおいしいブドウはきっと食べたことがないだろう。実はしっかりとひきしまっているのに、口に入れたら、ひんやりとした甘さがパッとひろがる、ほんとにおいしいブドウだった。ルーシーもスーザンも、こんなにおいしいものを食べたことはなかった。ここには、みんなが食べきれないほどのブドウがあり、おぎょうぎも関係なかった。べとべとで、ブドウ色をした指があちこちにあり、口がいっぱいなのに笑い声がいつもひびき、「ユーアン、ユーアン、ユー、オイ、オイ、オイ」というヨーデルのような歌声がやむことはなかった。とうとう、みんなは急にお遊び（それがなんであれ）と宴会はもうおわりにしなければならないといっしょに思いたって、息を切らして地面にへたりこんだ。それから、つぎになにを言うだろうと思って、アスランのほうをむいた。

そのとき、ちょうど日がのぼった。ルーシーはあることを思い出して、スーザンに耳打ちした。

「ねえ、スー。あたし、この人たち知ってるわ。」

「だれなの？」

「野性的な顔をした男の子は酒の神バッコスで、ロバのおじいちゃんはシレノスよ。ずっと昔にタムナスさんが話してくれたの、おぼえてない？」

「ええ、もちろんおぼえてるわ。でも、ルー。」

「なあに？」

「アスランがいなかったら、あの激しい気性の女の子たちを引き連れたバッコスに会うのは、ちょっとこわいわね。」

「うん、ちょっと遠慮したい」と、ルーシーは言った。

# 第十二章

# 魔法と突然の復讐《ふくしゅう》

いっぽう、トランプキンとピーターとエドマンドは、《アスラン塚》のなかへ入る暗い小さな石の門の前に着いた。ふたりの見張りのアナグマ（エドマンドには、ふたりのほおにある白い筋しか見えなかった）が、歯をむきだして飛び出してきて、うなるような声でたずねた。

「だれだ？」

「トランプキンだ。ナルニアの最大の王を、遠い過去からお連れした。」

アナグマたちは、男の子たちの手に鼻をすりつけて、言った。

「ついにいらっしゃったか。ついに。」

「友よ、明かりをくれたまえ。」

トランプキンが言うと、アナグマたちは、門のすぐ内側からたいまつを見つけてきてくれた。ピーターがそれに火をつけて、トランプキンにわたした。

「ＤＬＦが先に行ってくれ。ぼくたち、この場所をよく知らないから。」

トランプキンは、たいまつを受けとり、暗いトンネルのなかを先に進んだ。寒くて、真っ暗で、かびくさいところだった。たいまつの光を浴びて時折コウモリがばたつき、あたりはクモの巣だらけだ。鉄道の駅からナルニアへ呼びもどされたあの朝以来ずっと外にいた男の子たちは、入ったら二度と出てこられない場所か牢獄《ろうごく》に入っていくような気がした。

「ねえ、ピーター」と、エドマンドがささやいた。「壁にきざまれた文字を見てよ。古くない？　でも、ぼくらのほうが、あれよりも昔にいたんだよね。前にここにいたときは、あんなものなかったから。」

「そうだね。考えちゃうね」と、ピーター。

先を進んでいたトランプキンが右へ曲がり、それから左へ曲がり、数段おりて、また左へ曲がった。するとついに、前方から光が見えてきた。光は、ドアの下からもれている。そこで初めて、声が聞こえた。三人は、塚のまんなかの部屋の前まで来ていたのだ。部屋のなかでは、だれかが言いあらそっているようだ。大声で怒鳴りあっていたので、ピーターたちが近づく音は聞かれなかった。

トランプキンがピーターにささやいた。

「なんか、まずい感じですぞ。しばらく聞いていていましょう。」

三人はドアの外で、完全にじっとして立っていた。

「わかっているだろ」と、声が言った。(「あれは、王さまの声です」と、トランプキンがささやいた。)「なぜ、あの朝、夜明けに角笛が吹けなかったのか。トランプキンが出発してすぐミラーズがわれらにおそいかかってきたことを忘れたのか。三時間以上、死にものぐるいで戦ったではないか。ようやく息がつけたときに、角笛を吹いたんだ。」

「忘れるもんか」と、怒った声がした。「おれたちこびと族が、真っ先に攻撃を受け、五分の一がやられたんだぜ。」(「あれは、ニカブリックです」と、トランプキンがささやいた。)

「恥を知れ、こびとめ。おれたちだって、おまえらと同じぐらいがんばったし、いちばんがんばったのは王さまだ」と、三つめの声。(「アナグマのトリュフハンターです」と、トランプキン。)

「好きにぬかしてりゃいいさ」と、ニカブリック。「とにかく角笛を吹くのがおそすぎたか、角笛に魔法なんかないのか知らねえが、助けは来なかったじゃねえか。やい、そこのおえらい先生よ、魔法使いのお師匠さんよ。なんでも知ってるおまえさんは、今になってもアスランと王ピーターとその仲間に期待しろって言うのか?」

「白状すれば——たしかに、みとめざるをえぬが——今回の結果には、とてもがっかりしておる」という答えがあった。(「コルネリウス博士だね」と、トランプキン。)

「はっきり言って」と、ニカブリック。「財布はからっぽ、卵はくさって、魚は逃げて、約束は、ふい。だったら、どいてな、ほかのやつにやらせろってんだ。だから――」

「助けは来る」と、トリュフハンター。「おれはアスランを信じる。おれたち獣《けもの》みたいに、しんぼうしろよ。助けは来るって。もうドアのところまで来てるかもしれないぜ。」

「へえんだ！」ニカブリックが怒鳴った。「おまえらアナグマは、空がおっこちて、みんなでヒバリを手づかみできるまで待てとでも言うんだろ。待てねえよ。食いもんはなくなってきてるし、戦うたびに痛手を受けてるんだ。味方は、どんどん逃げだしてるんだぜ。」

「そして、それはなぜか？」と、トリュフハンター。「なぜか教えてやろう。古《いにしえ》の王たちに助けを求めたのに、応《こた》えてもらえなかったと、味方の兵のなかでうわさになっているからだ。トランプキンが出発前に言った最後の言葉は――たぶん、もう死んじまったと思うが――『角笛を吹くにしても、戦ってるみんなに、どうして吹くのか、なにを期待して吹くのか、言わないでほしい』ということだった。ところが、その夜のうちに、だれもが角笛のことを知っていやがった。」

「その灰色のつき出た鼻をスズメバチの巣にでもつっこみやがれ。アナグマよ、おれがしゃべったとでも言うのか」と、ニカブリック。「取り消せ、さもないと――」

「やめるんだ、ふたりとも」と、カスピアン。「ぼくは、ニカブリックが、われわれにどうしろと言おうとしているのか、それを知りたい。だが、その前に、ニカブリックがこの会議に連れてきたそのふたりの見知らぬ者たちはだれなのか知りたい。そこで耳をそばだて、口を閉じて立っているそのふたりは、だれなのだ。」

「おれの友だちだ」と、ニカブリック。「おまえ自身にしても、トランプキンの友だちでアナグマの友だちだからここにいるわけで、それ以上の権利をもっちゃいねえだろ？　あの黒ガウンの老いぼれにしたって、おまえの友だちでなけりゃ、ここにいられやしねえ。おれだけが、自分の友だちを連れてきちゃいけねえなんて法はないはずだ。」

「陛下は、おまえが忠誠を誓った王であられるぞ。」トリュフハンターがきびしい声で言った。

「宮廷風の礼儀ってやつかよ」と、ニカブリックは鼻で笑った。「だけど、この穴のなかじゃ、はっきり言わせてもらう。いいか、このテルマール人のぼうずは、にっちもさっちもいかなくなってるところからおれたちが救ってやらなきゃ、一週間もしないうちに、なんの王さまでもなくなるし、何者でもなくなっちまうんだ。そりゃ、このぼうずもわかってることだ。」

「ひょっとして」と、コルネリウス博士。「きみの新しいお友だちは、自分で話したいのではないかな。そこのおふたり、きみたちは、だれで、何者かな？」

「おえらい博士さま」と、かぼそい、すすり泣くような声がした。

「どうか、私《わたくし》は、あわれな老婆でございます。それで、こちらのこびと閣下にとてもお世話になり、ご親切にしていただいております。陛下は、見目よいお顔でいらっしゃいますことで、リューマチで背中が曲がったこんな老婆をおそれることはなにもございません。やかんをかける火にくべる枝も二本と持ってはおりませんが、まあ、ちょいとした技はかけられましてーーもちろん、博士さまのような大それたものではございませんでーーどなたさまもおのぞみとあらば、敵に対して、ささいな呪文《じゅもん》とまじないをかけてやることもできます。敵はにくうございますからね。ええ、ほんと、にくらしい。私ほど、深いにくしみをいだける者はございません。」

「それは大そう興味深いことでありーーええとーーもっともだ」と、コルネリウス博士。「あなたがどういうかたか、わかった、マダム。ひょっとして、ニカブリック、きみのもうひとりのお友だちも、自己紹介してくれるのかな。」

にぶい、陰うつな声がして、ピーターはぞっとした。

「おれは飢えだ。おれは渇きだ。嚙《か》みついたら、死んでもはなれない。死んだあとも、おれの嚙《か》みついたところを敵の体から切りはなして、おれといっしょに埋めなきゃならんだろう。おれは百年、ものを食わなくても死なない。氷の上で百晩すごしても、こごえない。血の川を飲みほしても、腹が張り裂けることはない。おれの敵を教えてくれ。」

「このふたりの前で、きみの計画を発表しようというのか？」と、カスピアン。

「そうだ。ふたりに助けてもらって、計画をおこなうつもりだ」と、ニカブリック。

一、二分のあいだ、ピーターたちには、カスピアンとそのふたりの仲間が低い声で話すのが聞こえたが、なにを言っているのかはわからなかった。それから、カスピアンがはっきりと言った。

「よし、ニカブリック。計画を聞こうじゃないか。」

とても長い間があったので、ピーターたちは、ニカブリックは本当に話しはじめるのだろうかと心配になった。ニカブリックが話しだしたときも、ニカブリック自身がその計画を気に入っていないかのような低いつぶやきだった。

「結局のところ、古代のナルニアについてだれもほんとのことは知っちゃいない。トランプキンも、まったく信じてなかった。おれは、ためしてみればいいと思ってた。まず角笛を吹いてみたが、うまくいかなかった。英雄王ピーター、女王スーザン、王エドマンド、女王ルーシーなんてのがいるんだとしたら、おれたちのことが聞こえてないか、ここへは来られないか、さもなきゃ、おれたちの敵か――」

「来るとちゅうかもしれない」と、トリュフハンターが口をはさんだ。

「ミラーズがおれたちを犬のエサにするまで、そう言ってりゃいいさ。さっきも言ったように、おれたちは古い言い伝えのなかにあったひとつをためしてみたが、うまくいかなかった。さて。剣が折れちまったら、短剣を抜くもんだ。古い話では、古代の王や女王のほかに、別の力があったと言われている。そいつを呼び出せたらどうだろう？」

「アスランのことを言っているなら、アスランを呼ぶのと王たちを呼ぶのは同じことだよ」と、トリュフハンターが言った。「王たちはアスランに仕えているんだ。アスランが王たちを送らないなら（きっと送ってくれると思うけど）、アスラン自身が来たりするだろうか。」

「来ないね。それはそのとおりだ」と、ニカブリック。「アスランと王たちはいっしょだ。アスランが死んだか、おれたちの味方をしてくれないかのどちらかだ。さもなきゃ、アスランよりもっと強いなにかがじゃまをしているんだ。もし来てくれたとしても――おれたちの味方だとどうしてわかる？　昔の話じゃ、かならずしもこびと族によくしてくれたわけじゃないぞ。獣《けもの》だって、全員がアスランの味方じゃなかった。オオカミたちに聞いてみろ。ともかく、おれの聞いた話では、アスランがナルニアにいたのはたった一度きりで、しかも長くはいなかったんだ。アスランのことはもう考えなくてもいいんじゃないか。おれは、ほかの人を考えた。」

だれもなにも言わず、数分のあいだ、みんなじっとしていたので、アナグマのぜいぜいいう、鼻をすするような息づかいがエドマンドには聞こえた。

「どういうことだ?」とうとうカスピアンが言った。

「昔話が正しいなら、アスランよりもずっと強くて、ナルニアに何年も長いあいだ、魔法をかけた人のことさ。」

「白の魔女だ!」

部屋のなかの三つの声が、いっぺんにさけんだ。物音から察するに、三人は、すわっていたところから、とびあがるように立ちあがったようだった。

ニカブリックが、とてもゆっくり、はっきりと言った。

「そうさ。魔女さ。まあ、すわれ。子どもみたいに、名前を聞いただけで、びくびくするんじゃねえ。おれたちがほしいのは、パワーだ。こっちの味方をしてくれるパワーだ。パワーって言えば、魔女はアスランをやっつけて、しばって、その明かりのむこうにある、まさにその石の上で、アスランを殺したっていう話じゃねえか?」

「だけど、アスランはまたよみがえったという話だよ。」アナグマがすかさず言った。

「そう、そういう話だ」と、ニカブリック。「ところが、そのあとアスランがどうしたか、ほとんどなんにも聞かないじゃねえか。ただ、話からすうっといなくなっちまってるんだ。もしほんとによみがえったんなら、これをどう説明する? よみがえらなかったというほうが、ありえそうじゃねえか。それっきりアスランのことがわからなくなるのも、話から消えたからなんじゃねえか？」

「アスランが王たちと女王たちをその位につけたんだ」と、カスピアン。

「でかい戦いに勝った者は、芸をしてみせるライオンなんかの世話にならなくても王になるさ」と、ニカブリック。ものすごいうなり声を出したのは、おそらくトリュフハンターだろう。

「とにかく」と、ニカブリックはつづけた。「王さまたちとその時代はどうなった？それも消えちまったじゃねえか。だが、魔女はちがう。百年支配したって言うぜ。百年、ここを冬にしちまったんだ。それこそパワーってもんじゃねえか。ほんとに力を見せたんだ。」

「だけど、魔女は最悪の敵だって、いつも聞かされてきたじゃないか。魔女のほうが、ミラーズの十倍悪い暴君だったんだろ？」と、カスピアン。

「そうかもしれねえ」と、ニカブリックは冷たい声で言った。「おまえら人間にとっては、暴君だったかもしれねえ。そのころ、人間がいたとしたらな。一部の獣《けもの》にとっても、暴君だったかもしれねえ。ビーバー一家をやっつけたからな。少なくとも、今のナルニアからビーバーはいなくなった。だけど、こびと族は魔女とはうまくやってたんだ。おれはこびとだから、自分の一族の味方をする。おれたちは魔女をこわがることはねえんだ。」

「だけど、おまえはおれたちの味方をしてきたじゃないか」と、トリュフハンター。

「そうさ、そのおかげで、こびと族はえらいめにあっちまった。」ニカブリックは、言い返した。「危険な攻撃があるたびに、送り出されるのはだれだ？　こびと族だ。食いもんがなくなると、まずだれががまんする？　こびと族だ。いつだって――」

「うそだ！　ぜんぶうそだ！」と、アナグマ。

ニカブリックは、ほとんどさけぶような声で、もう一度言い返した。

「だから、おまえらがこびと族を救えないなら、おれは、救ってくれる人のところへ行く！」

「これは、面とむかっての裏切りなのか、こびとよ」と、カスピアン。

「その剣をさやにもどすんだな、カスピアンよ」と、ニカブリック。「会議の席で殺しか？　それがおまえのやりかたか？　そんなことしようなんて、ばかじゃねえのか。おれがおまえをこわがるとでも思ってるのか。こっちは三人、そっちも三人だぜ。」

「じゃあ、来い。」トリュフハンターがうなったが、すぐにとめられた。

「やめろ、やめろ、やめろ」と、コルネリウス博士。「あせりすぎだ。魔女は死んでいる。どの話もその点では同じだ。ニカブリックは、どういうつもりで魔女を呼び出すと言うのかね？」

これまで一度だけ口をきいた、あの陰うつでひどい声が言った。

「そうかな、死んだのかな?」

すると、例のかん高い、すすり泣くような声がこう言った。

「まあ、かわいい陛下は、白いレイディ——と、私どもは呼んでおりますが——あのかたが亡くなられたかとご心配なさるにはおよびません。おえらい博士さまは、私のようなあわれな老婆をおからかいになって、そんなことをおっしゃるのでございます。すてきな博士さま、学のある博士さま、魔女がほんとに死ぬなんてことをお聞きになったことがございますか。いつだって、よみがえるのでございますよ。」

「呼び出せ」と、陰うつな声がした。「準備はできた。円をかけ。青い火を用意せよ。」

アナグマのどんどんと大きくなるうなり声やコルネリウス博士のするどい「なんだと?」という怒号よりも大きく、カスピアンの声がかみなりのようにとどろいた。

「なるほど、それがおまえの計画か、ニカブリック! 黒魔術を使って、のろわれた幽霊を呼び出そうというのだな。おまえの仲間の正体も見えたぞ——鬼婆《おにばば》とオオカミ人間だ!」

つぎの一、二分は、どうなったのかわからない。動物の吼《ほ》える声、シャキーンと剣の音がした。ピーターたちは、部屋のなかへとびこんだ。ピーターは、おそろしい、やせおとろえた灰色の生き物をちらりと見た。半分人間で、半分はオオカミだ。それが、ピーターとほぼ同じ年ごろの少年にとびかかろうとしていた。エドマンドは、アナグマとこびとが、ネコのように、床の上をころがってつかみあいをしているのを見た。トランプキンは、鬼婆と顔をつきあわせた。その鼻とあごは、クルミ割りの道具のようにつき出しており、鬼婆は汚い灰色の髪をふりみだして、コルネリウス博士の首根っこをおさえようとしているところだった。トランプキンが剣をさっとふりおろすと、鬼婆の首は床の上にコロコロところがった。それから明かりがたおされて、聞こえてくるのは、剣の音、噛《か》みつき、ひっかき、なぐったりけったりする音ばかりだ。それが六十秒ほどつづき、やがてしーんとなった。

「だいじょうぶか、エド？」

「だい――じょうぶだと、思う。」エドマンドがあえいだ。「あのニカブリックという野蛮人をやっつけたけど、まだ生きているよ。」

「重い！　いくらおいらが陛下思いだからって、陛下は重い」と、怒った声がした。「陛下が腰かけてるのは、おいらですよ。どいてください。まるでゾウの子だな。」

「ごめんよ、DLF。これで、だいじょうぶかな？」と、エドマンド。

「うわ、だめ！」トランプキンは、怒鳴った。「靴をおいらの口につっこんでます。どけてください、きゅうくつです。」

「カスピアン王はいますか」と、ピーター。

「ここだ」と、かなり弱々しい声がした。「なにかに嚙《か》まれた。」

だれかがマッチをする音が聞こえた。すったのはエドマンドだった。小さな炎に照らされたエドマンドの顔は、青ざめて、よごれていた。エドマンドは、しばらくまごつくようにあちこちさがしていたが、ろうそくを見つけ（油が切れたのでランプはもう使えなかった）、それをテーブルにおいて、火をともした。明るい炎があがると、何人かが急いで立ちあがった。六つの顔は、ろうそくの光に照らされたたがいの顔をまばたきしながら見つめた。

「敵は、ひとりも残っていないようだな。そこに鬼婆が死んでる」と言ったピーターは、急いで目をそむけて言葉をつづけた。「ニカブリックも死んでる。そして、こいつがオオカミ人間だろう。ずいぶん昔に一度見たことがある。オオカミの頭に人間の体。ということは、殺されたとき、ちょうど人間からオオカミに変わろうとしていたんだ。そして、きみは、カスピアン王だね？」

「そうです」と、もうひとりの少年が言った。「でも、あなたがたがどなたなのか、ぼくにはまったくわかりません。」

「こちらは、最大の王、ピーター王です」と、トランプキン。

「陛下、ようこそ。大歓迎です」と、カスピアン。

「陛下も、ご同様です」と、ピーター。「ぼくは、あなたの代わりに王位につこうというのではなく、あなたを王位につけるべくまいったのです。」

「陛下」と、ピーターのひじのところで、別の声がした。

ふり返ってみると、アナグマと顔をつきあわせることになった。ピーターは前へかがんで、この獣《けもの》に腕をまわし、毛でおおわれた顔にキスをした。それは、女の子のするようなしぐさとはちがっていた。最大の王として、栄誉を与えるしぐさだった。

「アナグマ族の最もすぐれた者よ」と、ピーター。「きみは、ぼくらを疑うことは決してなかった。」

「たいしたことではございません、陛下」と、トリュフハンター。「私《わたくし》は獣で、獣は変わりません。私はアナグマで、昔どおりにやる性質《たち》です。」

「ニカブリックはかわいそうだった」と、カスピアン。「ぼくのことを、最初に会ったときからにくんでいたけれど。ずっと苦しんで、にくみつづけたせいで、心がひねくれてしまったんだ。ぼくらがすぐ勝利していたら、平和な時代になったとき、よいこびとになったかもしれないのに。だれが殺したかわからなくて、よかった。」

「血が出てるよ」と、ピーター。

「うん、嚙《か》まれたんだ」と、カスピアン。「あの――あのオオカミの化け物に。」

傷を洗って包帯をするのに長い時間がかかった。それがおわると、トランプキンが言った。

「さあて。なにはともあれ、朝ごはんにしましょう。」

「でも、ここじゃないな」と、ピーター。

「そうだね」と、カスピアンがぶるっと体をふるわせて言った。「だれかを呼んで、死体をかたづけさせなきゃ。」

「化け物どもは、穴にでも放りこもう」と、ピーター。「でも、こびとは、こびと族にわたして、こびとたちのやりかたで埋葬してもらおう。」

一同は、《アスラン塚》のほかの暗い地下室で、ついに朝ごはんにした。カスピアンとコルネリウスは鹿肉パイを食べたいと思い、ピーターとエドマンドはバターを使ったスクランブル・エッグと熱いコーヒーがほしかったのだが、思ったような朝ごはんにはならなかった。あったのは、冷たいクマ肉が少し（男の子たちのポケットに入っていたものだ）と、かたいチーズがひとかけ、たまねぎと、コップ一杯の水だった。けれども、みんなが夢中で食べているようすを見た人がいたら、すごくおいしいのかと思ったことだろう。

## 第十三章

# 英雄王が命令する

食事がおわると、ピーターが言った。

「さて、アスランと女の子たち——というのは、女王スーザンと女王ルーシーのことだよ、カスピアン——は、どこか近くにいるはずだ。いつアスランが動くかは、わからない。当然、それはアスランが決めることであって、ぼくらにはわからないからね。それを待つあいだ、ぼくらは自分たちにできることをやっておくのが、アスランの御心《みこころ》に沿うと思う。カスピアン、きみは、ぼくらがミラーズ軍とまともにぶつかるほどの力がないと言っていたね。」

「残念ながら、ないです、王さま。」

カスピアンは、ピーターをとても好きになってきていたが、どう話しかけてよいか、とまどっていた。ピーターたちがカスピアンに会いに来たのとはちがって、カスピアンにとっては、昔の物語から出てきた偉大な王さまたちに会うわけだから、とてもへんな感じがしたのだ。

「よろしい」と、ピーター。「では、一騎打ちの挑戦状を送ろう。」

そんなことは、だれも思いつかなかった。

「どうか、ぼくに一騎打ちをさせてもらえませんか」と、カスピアン。「父のかたきをうちたいのです。」

「きみは、けがをしている」と、ピーター。「それに、きみからの挑戦状なんて、ミラーズは、ばかにするんじゃないかな。だって、ぼくらはきみが王であり戦士であることを知っているけど、やつはきみのことを子どもだと思ってるだろ。」

「しかし、陛下、」と言ったのは、ピーターのすぐ近くにすわって、じっとピーターを見つめていたアナグマのトリュフハンターだった。

「やつは、陛下からの挑戦状でさえ受けとるでしょうか？　自分の軍のほうが強いことはわかっているのですから。」

「たぶん受けとらないだろうね」と、ピーター。「でも、チャンスは常にある。それに受けとらなくても、伝令官を行ったり来たりさせることで一日の大半の時間を使うことになる。それまでにアスランがなにかしてくれるかもしれない。少なくとも、こちらの軍をしらべて配置を強めることができる。挑戦状を送ろう。いや、今すぐ書くぞ。ペンとインクをお持ちですか、博士？」

「学者たるもの、当然持っております、陛下」と、コルネリウス博士は答えた。

「よろしい。では、言うとおりに書きとめてください。」

博士が羊皮紙をひろげて、インクつぼをあけ、羽根ペンの先をとがらせているあいだに、ピーターは目をなかば閉じて、うしろへもたれ、ずっと昔、ナルニアの黄金時代にそうした手紙を書いたときに使っていた言葉づかいを思い出そうとした。

「よし。」とうとうピーターが言った。「じゃあ、準備はいいですか、博士？」

コルネリウス博士は、ペンをインクにつけて待った。ピーターはつぎのように書きとらせた。


アスランの贈与により、選出により、掟《おきて》により、征服により、ナルニアのあらゆる王の王にして、ローン諸島皇帝、ケア・パラベル城主、そしてライオン最高勲位の騎士であるピーターより、カスピアン八世の息子にして元ナルニア国摂政、そして現在ナルニアの王を名乗るミラーズへ、ごあいさつ申しあげる。


「そこまで書けたか？」と、ピーター。

「ミラーズへ、点、ごあいさつ申しあげる」と、博士はつぶやいた。「はい、書けました。」

「じゃあ、行を変えて。」

流血をさけるべく、また、現在わがナルニア領土にてはじまりし戦争ゆゑに起こるあらゆる問題をさけるべく、わが信頼深く敬愛するカスピアンの代はりに、私みずから一騎打ちにのぞみ、このカスピアンこそ、われらが贈与とテルマール人の掟によりナルニアの正統な王であることを、閣下の身の上に証明する所存なり。また、閣下はこのカスピアンよりナルニアの領土をうばひ——

「古い言いかただから、『ひ』と書いてくださいよ、博士」と、ピーター。

——最も忌まはしき、血なまぐさき非情なる殺人により実の兄カスピアン九世を殺せり。その二重の裏切りをも証明せん。それゆゑ、前述の一騎打ちに応じるやう強く求め、挑戦し、いどむものなり。ここに、この書状をかつてのナルニア王にして、街灯跡地公爵、西の国境伯爵、円卓の騎士である敬愛するわが弟エドマンドに託し、この一騎打ちの全条件を閣下と決定する全権を委任せり。

ナルニア王カスピアン十世の治世第一年、緑屋根月十二日、

《アスラン塚》の寓居《ぐうきょ》にて。

「これでよし」と、ピーターは深い息をついた。「では、王エドマンドといっしょに二名を送ることにしよう。ひとりは巨人がいいな。」

「あいつは——あまりかしこくありませんよ」と、カスピアン。

「もちろんです」と、ピーター。「しかし、だまってさえいれば、巨人というのは貫《かん》禄《ろく》じゅうぶんですからね。それに、あいつも選ばれたら、うれしいだろう。でも、もうひとりはどうしようか。」

「誓って申しますが、じろりとにらむだけで相手をやっつけられる者をおのぞみだったら、リーピチープがよろしいかと」と、トランプキン。

「なるほど、そういううわさだな」と、ピーターは笑って言った。「もう少し大きければね。近くに行かないと、敵には見えないんじゃないか。」

「グレンストームをつかわすのがようございます、陛下」と、トリュフハンター。「半人半馬《ケンタウロス》をばかにする者はおりません。」


一時間後、ミラーズ軍のふたりのえらい貴族であるグロゼル卿《きょう》とソペスピアン卿が、朝ごはんを食べおわったあと、ようじを使いながら、自分たちの宿営を散歩しているとき、ふと顔をあげると、森から半人半馬《ケンタウロス》と巨人ウィンブルウェザーがこちらへやってくるのが見えた。戦場で見たことのあるふたりだったが、ふたりのあいだには、だれかわからない人がいた。実のところ、エドマンドの学校の友だちだって、この瞬間にエドマンドを見てもだれだかわからなかったことだろう。というのも、アスランと出会ったとき、エドマンドは息を吹きかけてもらっていたので、堂々とした威厳のようなものがその身に備わっていたのだ。

「なんだろ？　攻撃かな？」グロゼル卿が言った。

「休戦交渉だろ」と、ソペスピアン卿。「ほら、緑の枝をかかげている。きっと降参しに来たんだよ。」

「半人半馬《ケンタウロス》と巨人のあいだを歩いてくるやつの顔つきは、降参って感じじゃないぞ。だれだろう？　カスピアンぼうやじゃないな。」

「ちがうね。こいつは、きっとすごい戦士だぜ、叛乱《はんらん》軍がどこから連れてきたにせよ。ここだけのないしょ話だけど、ミラーズよりも王者らしいじゃないか。なんてりっぱな鎖帷子《くさりかたびら》を着てることか！　おれたちのところの鍛冶屋《かじや》じゃ、あんなの作れないぜ。」

「おれのぶちの馬ポメリーを賭《か》けてもいいね。あいつは、降参するんじゃなくて、挑戦状を持ってきたんだ。」

「で、どうなる？」と、ソペスピアン卿。「わが軍は、ここで敵を完全におさえこんでいる。優位に立っているというのに一騎打ちに応じるほど、ミラーズはばかじゃないぜ。」

「その気にさせることはできるかもよ。」グロゼル卿は、さらに声をひそめて言った。

「静かに」と、ソペスピアン卿。「あの見張りたちに聞こえないように、わきへ行こう。さあ。閣下の言いたいことを、おれは誤解してないかな?」

「王が一騎打ちに応じたら、そしたら、王が相手を殺すか、殺されるかだ」と、グロゼル卿。

「そうだな」と、ソペスピアン卿は、うなずきながら言った。

「王が相手を殺したら、この戦争はおれたちの勝ちだ。」

「そのとおり。で、殺されたら?」

「なに、殺されても、王さまがいようがいまいが、おれたちは勝てるよ。だって、今さら言うまでもないことだが、ミラーズは大した親玉じゃない。そうなると、戦争に勝ったうえに、王さまはいないってことになる。」

「つまり、閣下が言うのは、王がいなくなれば、閣下とおれとで、この国を自由にできるってことかな?」

グロゼル卿の顔は、とてもみにくくなった。

「やつを最初に王座につけたのがおれたちだってことも忘れちゃいけない。これまで何年もやつはそれでいい目を見てきたが、おれたちに、なにかいいことがあったか?やつは、どんな感謝を示してくれた?」

「それ以上もう言うな。」ソペスピアン卿が答えた。「だが、見ろ。だれかが、おれたちを呼びに来たぞ。王のテントに行かねばな。」

ふたりがミラーズのテントに着くと、そのすぐ外にエドマンドとふたりの仲間がすわっているのが見えた。三人は手紙をわたしおえて、王がそれについて考えるあいだ、ひかえるように言われ、ケーキやワインを出されてもてなされていたのだ。このように三人をまぢかに見たテルマール人貴族ふたりは、三人ともとても危険だと思った。

テントのなかでは、ミラーズが武装を解いて、朝ごはんを食べおえるところだった。その顔は赤く、まゆはひそめられていた。王は、羊皮紙をテーブルごしにふたりに放り投げて、うなった。

「ほら！　わしのこまっしゃくれた甥《おい》っ子が、おとぎ話の、ありもしないうそを送ってきやがった。」

「失礼ながら、陛下」と、グロゼル卿。「今、外におります若き兵士が、この書き物にある王エドマンドであるなら、おとぎ話ではなく、とても危険な騎士かと存じます。」

「王エドマンドだと、くだらん！」と、ミラーズ。「閣下は、ピーターだのエドマンドだののそのほかの子どもじみた話を信じておるのか？」

「私は、自分の目を信じます、陛下」と、グロゼル卿。

「こんなことを話しても意味がない」と、ミラーズ。「だが、挑戦について言えば、われらのあいだで、意見はひとつだけであろうな？」

「まさに、さようと存じます、陛下」と、グロゼル卿。

「で、それはどういう意見だ？」と、王。

「絶対にことわるべきです」と、グロゼル卿。「私は臆病者《おくびょう》と呼ばれたことはございませんが、あの若者と一騎打ちをするとなれば、私の心臓はとてももたないと正直に申しあげなければなりません。そして、おそらくまちがいないでしょうが、あの者の兄が最大の王ピーターであれば、さらに危険であり――どうか王さま、命あっての物種《ものだね》、どうぞ関わりにならないようお願い申しあげます。」

「ばかやろう」と、ミラーズはさけんだ。「わしがほしかったのは、そんな忠告ではない。そのピーターとかいう（そんなやつがいたとしてだが）、そんなやつに会うのがこわくて、おまえたちを呼んだと思っているのか？　わしがおそれるとでも？　わしは、戦略的な忠告がほしくておまえたちを呼んだのだ。今優位に立っているにもかかわらず、一騎打ちなどをしてそれを棒にふってよいものかどうか。」

「それに対しては、こうお答えするのみです、陛下」と、グロゼル卿。「あらゆる理由をもうけて、挑戦をおことわりになるべきです。あの見知らぬ騎士の顔には、死が見えます。」

「また、そんなことを言いおる！　わしが、おまえと同じ臆病者だと言いたいのか？」ミラーズは、すっかり怒ってしまった。

「なんとでもお好きなようにおっしゃってください。」グロゼル卿は、むっとして言った。

「まるでばあさんのような話しかたをするな、グロゼル卿」と、王。「おまえはどうだ、ソペスピアン卿？」

「その挑戦状におさわりになりませんよう」と、答えが返ってきた。「陛下が戦略とおっしゃったのは、まさにふさわしいことです。陛下の名誉や勇気が問題にされることなく、ことわるすばらしい理由となりますから。」

「なんたることか！」ミラーズは、とびあがるように立ちあがってさけんだ。「おまえも、今日はどうかしてしまったのか？　わしが挑戦をことわる理由をさがしているとでも思っているのか。そんなことを言うくらいなら、面とむかって、わしに臆病者と言うがよい。」

会話は、まさにふたりの貴族が思ったとおりに運んだので、ふたりはだまっていた。

「わかったぞ。」ミラーズは、まるで目が顔から飛び出さんばかりにふたりをにらんでから言った。「おまえたちは、自分たちがウサギのように腰ぬけであるがゆえ、わしもまたおまえたちと同じ心根であると、おこがましくも想像したのであろう！　ことわる理由だと！　戦わない言いわけだと！　それでもおまえたちは兵士か？　テルマール人か？　男か？　もしわしがことわったりしたら(軍の指揮官として、また戦略上もそうしたほうがいいのだが)、おまえたちは、わしがこわがっていたと、そう考え、ほかの者たちにもそう言うのであろう？　そうではないか？」

「陛下ほどのお年の人間であれば」と、グロゼル卿《きょう》。「若さ咲きほこる偉大な戦士との一騎打ちをことわっても、臆病者と呼ばれることはありますまい。そう呼ぶ者があれば、おろか者です。」

「つまり、わしは、腰ぬけであるのみならず、墓に片足をつっこんだ老いぼれというわけか」と、ミラーズは、吼《ほ》えた。「いいか、諸卿。戦略という要点からはずれた、おまえたちの女々しい忠告ゆえ、わしは、おまえたちの言うこととは逆のことをしようと思う。最初はことわるつもりだった。だが、受けることにする。いいか、受けるぞ！　なにかの魔法か謀叛《むほん》のせいで、おまえたちの血が凍ってしまっても、わしは残念には思わん。」

「どうか、陛下――」グロゼル卿は言ったが、ミラーズはテントから飛び出した。王がエドマンドに挑戦を受けるとさけんでいるのが、ふたりには聞こえた。

ふたりの貴族は顔を見あわせて、ひそかにクスクス笑った。

「うまくけしかけたら、挑戦を受けると思ってたよ」と、グロゼル卿。「だけど、おれのことを腰ぬけと呼んだことは忘れない。いずれ思い知らせてやる。」

この知らせがカスピアン軍に伝わり、いろいろな生き物たちがこれを知ると、《アスラン塚》ではたいへんな騒ぎとなった。

エドマンドは、ミラーズ軍の隊長ひとりとともに、すでに一騎打ちの場所を決め、そのまわりに杭《くい》を打ち、ロープを張った。一騎打ちには、儀式どおりにおこなわれるのを見張る式部官という役割があって、ふたつの角にひとりずつ、そして側面中央にひとり、テルマール人側の式部官が立つ。反対側中央と残りふたつの角には、カスピアン側の三人の式部官が立ち、だれが立つかはピーターが決めることになっていた。

ピーターがちょうどカスピアンに、戦いの目的はカスピアンが王位につく権利をめぐるものであるために、カスピアンは式部官になれないと説明しているところへ、突然、眠そうな太い声がした。

「どうか、陛下。」

ピーターがふりむくと、そこにはずんぐりクマ兄弟の兄が立っていた。

「失礼ながら、陛下。私《わたくし》は、クマでございます。」

「なるほど、そうだね。よいクマであることは、疑いない」と、ピーター。

「はい。けれども、式部官のひとりとなるのは、これまでずっとわれわれクマ兄弟の権利でございました。」

「こいつを式部官にしてはいけませんぞ」と、トランプキンがピーターにささやいた。

「いいやつですが、われわれみんなに、恥をかかせますよ。眠りこけて、どうしたって前足をなめてしまうんです。しかも、敵の前で、ですよ。」

「しかたがないさ」と、ピーター。「クマくんの言うとおりだからね。クマ兄弟には、その特権があった。ほかのことをすっかり忘れたのに、どうしてそれだけは長年たっても思い出せたのかわからないけど。」

「どうか、陛下」と、クマ。

「きみの権利だよ」と、ピーター。「だから、式部官のひとりになってもらおう。だけど、前足をなめるのは、なしにしてくれたまえ。」

「もちろんです。」クマは、とてもびっくりした声で言った。

「そう言うそばから、今もなめてるじゃないか！」トランプキンが怒鳴った。

クマは、さっと口から前足を出し、なんにも聞こえなかったふりをした。

「陛下！」地面の近くから、するどい声がした。

「ああ――リーピチープ！」ピーターは、このネズミに話しかけられた人がいつもするように、あちこちあたりを見まわしてから言った。

「陛下、この命は陛下にささげたものですが、わが名誉はわがものであります。陛下の軍隊のなかでただひとりのラッパ吹きは、ネズミにございます。それゆえ、挑戦状を運ぶ役は、ネズミ族におおせつけられるのではないかと思っておりました。陛下、ネズミ族は悲しんでおります。もし、わがはいが式部官となりましたら、一族は満足することでありましょう。」

　このとき、どこか上のほうから、かみなりのような大音響がした。巨人ウィンブルウェザーが、いつものばか笑いをしたのだった。やさしい巨人たちは、ばか笑いをすることが多い。リーピチープがどこから音がしたのか発見したときには、巨人は笑いをおさえ、むらさきがかったカブのような、まじめな顔つきをした。

「残念ながら、そういうわけにはいかないだろう」と、ピーターはとても重々しい声で言った。「ネズミをこわがる人間もいる——」

「そのとおりでございます、陛下」と、リーピチープ。

「ミラーズに対して、公平ではなくなってしまうよ。やつの勇気をくじくようなものを見せつけては」と、ピーターはつづけた。

「陛下は、名誉の鑑《かがみ》でございます。」リーピチープは、うやうやしくおじぎをして言った。「この点につきまして、陛下と私《わたくし》は、ひとつ心にございます……たった今だれかが笑うのが聞こえたように思いますが、ここにいるだれかが、私を笑いのタネとするつもりであるならば、この剣をもって、そいつのお役に立ちましょう。いつでもお相手申しあげよう。」

　この発言のあと、おそろしい沈黙がつづいた。それを破ったのは、ピーターのつぎの言葉だった。

「巨人ウィンブルウェザーと、クマと、半人半馬《ケンタウロス》のグレンストームを、われらの側の式部官とする。一騎打ちは、午後二時開始だ。正午きっかりにお昼にしよう。」

一同がその場を立ち去るとき、エドマンドがたずねた。

「ねえ。だいじょうぶだよね。やつに勝てるよね？」

「そいつを知るために、戦うんじゃないか」と、ピーターは答えた。

# 第十四章

# さあ、かかれ

二時少し前に、トランプキンとアナグマは、ほかの生き物たちといっしょに森のはしっこに出てきてすわり、矢が届く距離の二倍先のところに立ちならぶミラーズのきらめく軍を見ていた。敵軍とこちらとのあいだのまんなかに、平らな草地が四角くかこまれて、一騎打ちの場所ができていた。むこう側のふたつの角には、それぞれグロゼル卿とソペスピアン卿が剣を抜いて立っている。こちら側のふたつの角には、巨人ウィンブルウェザーとずんぐりクマがおり、クマは、あれほどいけないと言われたにもかかわらず前足をなめていて、とんでもなくおばかさんに見えた。そのかわり、かこみの右側中央にいるグレンストームは、時折うしろ足で芝生をふみしめるほかは、じっと動かずにいたので、左側中央にいるテルマール人男爵などより、はるかに堂々たる威厳があった。ピーターは、ちょうどエドマンドと博士と握手をしおえて、決闘場へやってくるところだ。大切な駈《か》けっこでピストルがパンと鳴るときのような緊張感があったが、もっと嫌な感じだった。

「こうなる前にアスランが来てくれたらよかったのになあ」と、トランプキン。

「そうだね。でも、うしろをごらんよ」と、トリュフハンター。

「なんてこったい、こいつはいったい！」ふりむいたとたんに、トランプキンはつぶやいた。「こいつらは、なんだ？　でかくて――美しいひとたちだ――神々や巨人みたいだ。何百、何千人と、おいらたちのすぐうしろまで来てるじゃないか。何者だ？」

「木の精ドリュアスやハマドリュアス、森の精シルヴァヌスだよ。アスランのおかげで、目ざめたんだ」と、トリュフハンター。

「ふうん！」と、トランプキン。「敵がなにかきたない手を使おうとしたら、助けになるな。だけど、ミラーズがすごい剣の使い手だったりしたら、ピーター王の役には立たないよ。」

　アナグマは、なにも言わなかった。というのも、そのときピーターとミラーズが両側から決闘場へ歩いて入ってきたからだ。どちらも鎖帷子《くさりかたびら》をつけ、兜《かぶと》をかぶり、盾を持っている。ふたりは面とむかうまで前に出た。たがいにおじぎをして、なにかを言ったようだが、なにを言ったのか聞こえなかった。つぎの瞬間、ふたりの剣が、日光を浴びて、きらめいた。そして、シャキーンと剣のぶつかる音がしたが、すぐに聞こえなくなった。両軍の兵士たちが、まるでフットボールの試合の観衆のようにさけびだしたので、その大音響にのみこまれたのだ。

「いいぞ、ピーター、うわぁ、よくやった！」

ミラーズが一歩半うしろへよろめいたとき、エドマンドがさけんだ。

「打ちこめ、今だ！」

ピーターは打ちこみ、数秒のあいだ、決闘に勝ちそうに見えた。けれども、ミラーズが体勢を立て直し、自分の身長と体重をしっかりと使って反撃に出た。

「ミラーズ！　ミラーズ！　王さま！　王さま！」テルマール人たちが、吼《ほ》えた。

カスピアンとエドマンドは、気が気でなくなって、真っ青になった。

「ピーターは、ひどい打撃を何発も受けてるよ」と、エドマンド。

「おい！　こんどは、どうなっているんだ？」と、カスピアン。

「ふたりがはなれた」と、エドマンド。「少し息があがったんだ。見ろよ。ああ、またはじめた。こんどは、もっと頭を使ってるぞ。ぐるぐるまわって、たがいにすきをうかがっている。」

「このミラーズという男は、残念ながら、なかなかの男ですな」と、博士がつぶやいた。しかし、そう言いきらないうちに、古きナルニア軍側から、ものすごい拍手と、うなり声がして、頭にかぶっていたものを投げあげる者もいて、耳をつんざく大さわぎとなった。

「なんだ？　なんだ？　わしの老いた目では、よく見えなかった。」博士がたずねた。

「ピーターが相手のわきの下を刺したんです」と、カスピアンが手をたたくのをやめずに言った。「鎖帷子《くさりかたびら》の腕の穴から、ぐさりといきました。初めて血が出た。」

「だけど、また、嫌な感じになってきたぞ」と、エドマンド。「ピーターは盾をちゃんと使えていない。左腕をけがしたにちがいない。」

そのとおりだった。ピーターの盾がだらりとたれているのは、だれの目にも明らかだった。ナルニア人たちのさけび声が強まった。

「きみは、ぼくよりも戦《いくさ》をたくさん見てきただろ。勝ちめはありそうか？」と、カスピアン。

「ほとんどないね」と、エドマンド。「ひょっとすると勝てるかもしれない。運がよければ。」

「ああ、どうしてこんなことをさせてしまったんだろう」と、カスピアン。

ふいに、両軍のさけび声がおさまった。エドマンドは、一瞬、どうなったのかわからなかった。それから、こう言った。

「ああ、そうか。休みを取ることにしたんだ。来てください、博士。先生とぼくとで、ピーターのためになにかできるかもしれない。」

ふたりは決闘場へ走り、ピーターはロープから外へ出てきて、ふたりに会った。その顔は赤く、汗だくで、胸はぜいぜいと上下していた。

「左腕に傷を受けたか？」エドマンドがたずねた。

「傷じゃない」と、ピーター。「やつが全体重をかけて、ぼくの盾を肩で押したんだ。

れんがの山にぶつかったみたいだった。そのとき盾のふちがぼくの手首にぶつかった。

骨は折れちゃいないと思うけど、ねんざしたかもしれない。ぎゅっとしめあげてくれ

たら、なんとかなると思う。」

　ふたりがその手当てをしているとき、エドマンドは心配そうにたずねた。

「やつをどう思う、ピーター？」

「強い」と、ピーター。「かなり強いね。なんとか相手を動かしつづけて、あの体重

がやつの不利になるように、もっと息切れさせて、つかれさせれば、チャンスはある。

日ざしも厳しいしね。ほんとのこと言うと、それぐらいしか勝ちめはないんだ。やつ

がぼくをたおしたら、エド、うちのみんなに――よろしく言ってくれ。やつが決闘場

に出てきた。さようなら、弟。さようなら、先生。それから、エド、トランプキンに

は、とくにやさしい言葉をかけてやってくれ。あいつは、ずっとたよりになるやつだ

った。」

　エドマンドは、口がきけなかった。博士といっしょに、自分たちの軍のところへ歩

いてもどったが、吐きそうな気分だった。

けれども、新たな取り組みは好調だった。ピーターは、こんどは盾を少し使えるよ

うになったらしく、足もたくみに使えているのはまちがいなかった。今や、ミラーズ相手にオニごっこをしているかのように、相手の剣の届かないところへ逃げたり、場所を変えたりして、相手が大いに動くようにしむけた。

「腰ぬけ！　なんで立ちむかわないんだ？　こわいのか？　踊りに来たんじゃねえだろ、戦え。やあい！」テルマール人たちが、やじった。

「ピーターがあんな言葉に耳を貸さなければいいけど」と、カスピアン。

「だいじょうぶだ」と、エドマンド。「兄はあんなのを気にしたりしない――おっと！」

ミラーズがついに、ピーターの兜《かぶと》に一発決めた。ピーターは、よろめき、横へ足をすべらせ、片ひざをついた。テルマール人たちの吼え声が、大海のうねりのように、もりあがった。

「さあ、ミラーズ王。今だ。急げ！　急げ！　やっつけろ。」

けれども、このにせの王をけしかける必要はなかった。ミラーズはすでにピーターにのしかかっていたのだ。剣がピーターの上にふりおろされるとき、エドマンドは、血が出るほどくちびるを噛《か》んだ。ピーターの首をたたき切ったように見えた。いや、そうではない！　ありがたや！　剣はピーターの右肩へそれた。こびと族が作った鎖《くさり》帷子《かたびら》はじょうぶで、破れることはなかった。

「やったぜ！」エドマンドはさけんだ。「ピーターがまた立ちあがった。行け、行け、ピーター！」

「どうなったのか見えなかった」と、博士。「どうして立てたんだ？」

「ミラーズのふりおろした腕をつかんだんです」と、トランプキンが、うれしくて踊りながら言った。「たいした男だ！　敵の腕をはしごのようにして、のぼったんだ。最大の王だ！　英雄王！　立て、古きナルニア人！」

「見ろ！」と、トリュフハンター。「ミラーズが怒った。いいぞ。」

今やふたりは、猛烈に打ちあっていた。暴風のように激しく打ちこんでいくので、どちらかが殺されないではすみそうになかった。興奮が高まるにつれ、さけび声は静かになっていった。見物は息をのんでいた。あまりにもおそろしく、あまりにも壮絶な戦いだった。

大きな歓声が、古きナルニア軍から起こった。ミラーズがたおれている――ピーターに打ちたおされたのではなく、草のしげみにつまずいて、前のめりにたおれたのだ。ピーターはうしろへさがり、相手が立つのを待った。

「ああ、だめだ、だめだ、だめだ」と、エドマンドがひとりごとを言った。「あんなふうに、紳士らしくふるまう必要があるか？　まあ、そうするよな、ピーターなら。騎士であり、しかも最大の王なんだから。アスランもこれをおのぞみなんだろうな。だけど、あんちくしょうは、すぐに立ちあがって、そしたら――」

けれども「あんちくしょう」は、立ちあがらなかった。グロゼル卿《きょう》とソペスピアン卿は、自分たちの計画を準備していたのだ。王がたおれたと見るとすぐに、決闘場にとびこんで、怒鳴った。

「裏切りだ！　裏切りだ！　ナルニアの謀叛《むほん》人が、王がたおれて戦えないとき、背中を刺したぞ。武器を取れ！　武器だ！　テルマール人よ！」

ピーターは、なにが起こっているのか、ほとんどわからなかった。ふたりの大男が抜き身の剣を持って、こちらへ走ってくる。それから三人めのテルマール人が、左手からロープをとびこして入ってきた。

「武器を取れ、ナルニア人よ！　裏切りだ！」ピーターは、さけんだ。

もし敵の三人がいっぺんにピーターにおそいかかっていたら、二度と口をきくことはなかっただろう。しかし、グロゼル卿は、立ちどまって、たおれている自分の王を刺した。

「これは、今朝の侮辱のお返しだ。」剣をつきさしながら、卿はささやいた。

ピーターは、すばやく動いてソペスピアン卿にむかい、さっと脚に切りつけ、返す剣で、頭をぶち切った。エドマンドは、そのときにはピーターのとなりにいて、大声をあげていた。

「ナルニア、ナルニア！　アスラン万歳《ばんざい》！」

テルマール全軍がふたりのほうへおしよせた。しかし、こんどは巨人が前へ足をどんとふみおろし、低くかまえて、こん棒をふりまわした。半人半馬《ケンタウロス》たちが突撃をかけた。うしろからこびと族の弓がビュン、ビュンと鳴り、矢が頭の上をヒュン、ヒュンと飛んでいった。その左側ではトランプキンが戦っていた。全員が戦いに参加していた。リーピチープもだ。

「もどってこい、リーピチープ、この小さなおろか者め！」ピーターがさけんだ。「殺されちまうぞ。ネズミの出る幕じゃない。」

ところが、このおかしな小動物は、両軍の脚のあいだを駈《か》けぬけ、出たり入ったりして踊りながら、剣の突きをおみまいした。テルマール人兵士の多くが、急に、たくさんの串《くし》にさされたかのような痛みを脚に感じて、ぴょんぴょん片足とびをして、痛みをののしりながら、たおれていった。たおれると、リーピチープがとどめをさすか、リーピチープでなくても、だれかがやっつけた。

ただし、古きナルニア軍が本調子になる前に、敵は逃げはじめていた。強そうに見えた兵士たちが、青い顔をしておびえて見つめていたのは、古きナルニア人たちではなく、そのうしろのなにかだった。兵士たちは武器を投げ出して、悲鳴をあげた。

「森だ！　森だ！　この世のおわりだ！」

しかし、その悲鳴も武器の音もやがて聞こえなくなった。目ざめた木々たちの海のうねりのような吼《ほ》え声にのまれたのだ。森はピーターの軍を追いこして、テルマール軍を追った。みなさんは、秋の夕ぐれに、高い崖《がけ》の上の大きな森のはしに立ち、そこを南西の強風が猛烈な勢いで吹きぬけるのを経験したことがあるだろうか。そのときのすごい音を想像してほしい。それから、その森が、一か所に根づいているのではなく、あなたにむかっておしよせていると思ってほしい。しかも、もはや木々ではなく、大きな人々になっている。それでも、長い腕は枝のようにゆれていて、頭がふれるたびに葉っぱが雨のようにドサドサ落ちてくるから、木のようでもあるのだ。テルマール人にとっては、そんなふうに思えた。ナルニア人にとってさえ、少しこわいところがあった。やがて、ミラーズ側の者たちは全員、橋をわたって、ベルーナの町へ行こうと、大川へ駈けおりていった。町へ入れば町の門をしめて、城壁の背後に身をかくすことができる。

敵は川に着いたが、橋はなかった。きのうからなくなっていたのだ。ものすごいパニックと恐怖におそわれた敵たちは、全員降参した。

だが、橋はどうなってしまったのか？

その日の朝早く、数時間寝たあとで目をさました女の子たちは、自分たちを見おろしてアスランが立っているのを見て、その声がこう言うのを聞いた。

「今日は、お休みの日にしよう。」

ふたりは目をこすり、あたりを見まわした。木々たちがみんないなくなって、黒いかたまりとなって《アスラン塚》のほうへ動いているのが見えた。酒の神バッコスとその信女たち――バッコスが率いる激しく無鉄砲な女の人たち――と半人半馬《ケンタウロス》のサテュロスがまだいっしょにいた。すっかり体が休まったルーシーは、とび起きた。だれもが目をさましていて、だれもが笑っていた。笛が鳴り、シンバルがひびいた。口をきく動物ではない動物たちが、あちらこちらからなだれこんでくる。

「なんなの、アスラン？」ルーシーは、目をおどらせ、今にも踊りだしそうな足つきで言った。

「おいで、子どもたち」と、アスラン。「今日ふたたび、私の背中に乗りなさい。」

「まあ、すてき！」ルーシーはさけび、ふたりの女の子は、温かい黄金の背中にのぼった。前にこうしてのぼったのは、いったい何年前のことだろう。

それから、一同は出発した。アスランが先頭に立ち、バッコスと信女たちは、とびはね、駈けだし、宙返りをしながら進み、獣《けもの》たちはそのまわりでじゃれまわり、シレノスとそのロバはしんがりをつとめた。

少し右へ曲がり、急な丘を駈けおりて、目の前に長いベルーナ橋を見つけた。けれども、橋をわたりはじめる前に、人間よりも大きな、ひげぼうぼうのずぶぬれの顔がイグサだらけになって水のなかから出てきた。それはアスランを見、その口から、低い声が発せられた。

「万歳《ばんざい》、アスラン。わが鎖《くさり》をはずしてください。」

「あれは、いったいだれなの？」スーザンがささやいた。

「川の神さまだと思うけど、しぃ！」と、ルーシー。

「バッコスよ。鎖《くさり》をはずしてやりなさい」と、アスラン。

「鎖《くさり》って、橋のことじゃないかしら」と、ルーシーは思った。

それは、そのとおりだった。バッコスとその信女たちは、パシャパシャと浅い川に入っていき、一分後、とても奇妙なことが起こりはじめた。大きな強いツタが、まるで火が燃えひろがるような勢いで橋の脚にからまってニョロニョロとのびていき、石でできた脚を包みこみ、ぎゅっとしめつけて割り、こわし、ばらばらにしたのだ。橋げたの壁は、一瞬サンザシの花がにぎやかに咲く生け垣になったが、なにもかもガッシャンガラガラと、うずまく水のなかへくずれ落ちた。すごいしぶきがあがり、みんなは歓声をあげたり、笑ったりしながら、浅瀬を歩いたり、泳いだり、踊ったりした。

「やったぁ！　またベルーナの浅瀬にもどったわ！」と、女の子たちはさけんだ。そして、川の反対側の土手をあがって、町へ入った。

通りにいた人々は、見る見るうちに逃げていった。一行が最初に着いた建物は、学校だった。女学校だ。ナルニアの女の子たちが、髪をひっつめにして、首のまわりに不恰好《ぶかっこう》なきつい襟をつけて、ちくちくする分厚い靴下をはいて、歴史の授業を受けていたところだった。ミラーズの治世下においてナルニアで教えられる「歴史」というのは、みなさんが勉強したことのある本当の歴史よりつまらなく、ものすごくわくわくする冒険物語ほどにも真実ではなかった。

「グウェンドリン、授業を聞きなさい。窓の外を見るのをやめないと、成績表に×をつけますよ。」

「でも、プリズル先生」と、グウェンドリンは言いかけた。

「先生の言うことが聞こえましたか、グウェンドリン?」

「でも、プリズル先生、ライオンがいるんです!」と、グウェンドリン。

「そんなばかなことを言って、×をふたつにしますよ。それでは――」

ガオゥという声がして、先生はだまってしまった。教室の窓のところへ、ツタがくるくるとのびてきている。校舎の壁は、きらめく緑のかたまりのようになり、さっきまで天井のあった頭上では、葉っぱのついた枝が屋根のようになっていた。プリズル先生は、自分が森の草地に立っていることに気がついた。おちつこうとして、自分の机にしがみついたが、机はバラのしげみだとわかった。これまで見たこともないような、荒々しいひとたちが、先生のまわりをぐるりとかこんでいる。それから、ライオンを見た先生は、悲鳴をあげて逃げだし、生徒たちもいっしょに逃げたが、そのほとんどは、ずんぐりして、お高くとまった大根脚の女の子たちだった。グウェンドリンは、どうしようかと、ためらった。

「おじょうさん、あなたは、われらとともにとどまるのかな？」と、アスラン。

「あら、そうしてもいいですか？　ありがとう、ありがとう。」グウェンドリンは、すぐにふたりのバッコスの信女と手をつなぎ、信女たちに陽気な踊りへと引っぱりこまれた。信女たちは、グウェンドリンが身につけていたかたくるしい服をぬがせてくれて、すっかり自由にしてくれた。

ベルーナの小さな町のどこへ行っても同じだった。たいていの人は逃げ、何人かが仲間になった。町を出たときには、ずっと大きな楽しい集団となっていた。一行は、川の北岸つまり左岸の平たい野原を進んだ。どの農場でも、動物たちが出てきて仲間に加わった。楽しいことなど知らなかった悲しげな老いたロバたちは、急に若返った。鎖《くさり》をつけられた犬たちは、鎖《くさり》をこわした。馬たちは荷車をけって、ばらばらにこわして、パカパカとやってきた——どろをけりあげて、ヒヒーンといなないて。

ある中庭の井戸のところで、男の子をぶっている男の人に会った。その人の手にあった棒は急に花に変わり、花を振り落とそうとしても、手にくっついてはなれなかった。その男の人の腕は枝となり、体は木の幹となり、足は根っこになった。さっきまで泣いていた男の子は、笑いだして、一行に加わった。

ビーバーズダムまでのとちゅうにある、ふたつの川がまじわる小さな町では、別の学校があって、そこで、つかれたようすの女の先生が、まるでブタみたいな少年たちに算数を教えていた。窓の外を見た先生は、すてきな一団が大さわぎして通りを歌いながらやってくるのを目にし、よろこびに心をつらぬかれた。アスランは、その窓のすぐ下に立ちどまって、先生を見あげた。

「あら、だめです、だめです」と、先生。「ごいっしょしたいけど。いけません。仕事をしなくちゃ。それに子どもたちが、あなたを見たら、こわがります。」

「こわがるだって？」いちばんブタみたいな男の子が言った。「先生は窓の外のだれに話をしてるのかな？ 授業中なのに先生が窓の外の人と話しているって、視学官〔教員の監督をする役人〕に言いつけようぜ。」

「だれなのか見に行こうよ」と、別の子が言い、少年たちはみんなわいわいがやがやと窓のところへ集まった。ところが、そのいたずらこぞうたちが窓から外を見たとたん、バッコスが、「ユーアン、ユーアン、ユー、オイ、オイ、オイ」と大声でさけんだものだから、少年たちはきゃあとさけんで、たがいにふみつけあってドアから出ようとしたり、窓から飛びおりたりした。そして、のちに語られた話では（本当かどうかわからないが）、この少年たちは二度と見かけられることはなく、かわりに、今までブタなどいなかったこのあたりに、とてもすてきなたくさんの子ブタたちがよく見かけられるようになったとのことだ。

「さあ、おじょうさん」と、アスランは先生に言った。先生は飛びおりて、仲間に加わった。

ビーバーズダムでは、もう一度川をわたり、南岸に沿ってふたたび東へ行った。小さな小屋へ来ると、子どもが戸口に立って泣いていた。

「どうして泣いているのかな？」アスランがたずねた。

それまでライオンの絵さえ見たことのなかったその女の子は、アスランをこわがらなかった。

「おばさんが、とても具合が悪いの。死んじゃうの。」

アスランは、小屋のなかへ入ろうとしたが、戸口が小さすぎて入れなかった。そこで、頭だけつっこんで、肩で押した。（このとき、ルーシーとスーザンは、アスランからすべりおちた。）アスランが小屋全体を持ちあげると、小屋はひっくり返って、こわれた。すると、ベッドがむきだしになって出てきて、そのベッドには小さなおばあさんが入ったままだった。どこかこびと族のおもかげがあった。おばあさんは死にかけていたが、目をあけて、ライオンの明るい、たてがみのある顔が自分をじっと見つめているのを見た。おばあさんは、さけんだり気絶したりせず、こう言った。

「まあ、アスラン！　やっぱり、ほんとだったのね。ずっとお待ちしていたんですよ。私をお召しに来たのですか？」

「そうだ、いとしき者よ」と、アスラン。「だが、まだ、あの世への長旅にはならない。」

そう言うと、ちょうど日の出のとき雲の下のほうが赤らんでいくように、おばあさんの白い顔に血の気がさあっとひろがり、その目はかがやいて、おばあさんは身を起こして言った。

「まあ、すっかりよくなりましたよ。今朝は、少々朝ごはんをいただきましょうかね。」

「どうぞ、お母さん」と、バッコスが、小屋の井戸から水差しで水をくんで、おばあさんに手わたした。ところが、そのなかのものは水ではなく、こってりしたワインだった。アカフサスグリのゼリーのように赤く、油のようにトロリとして、牛肉のように腰が強く、飲むとお茶のように温まり、つゆのようにさわやかなワインだった。

「あら、うちの井戸になにかなさいましたね。すてきな井戸になりましたよ、ほんと。」

おばあさんはベッドから飛び出した。

「私の背に乗りなさい」と、アスランは言い、スーザンとルーシーにこうつけ加えた。

「きみたちふたりの女王は、こんどは走らなくてはならない。」

「それもまたいいわね」と、スーザン。

そして一行は、また出発した。こうしてついに、とびはねたり、踊ったり、歌ったりしながら、一行は、音楽をかなで、笑い、雄叫《おたけ》びをあげ、吼《ほ》え、いなないて、ミラーズ軍が武器を投げ捨てて、両手をあげているところへやってきた。ピーターの軍は、まだ武器を持っており、荒い息をつきながら、厳しくも、うれしそうな顔つきで敵をとりかこんでいる。そこで最初に起こったのは、例のおばあさんがアスランの背中からすべりおりて、カスピアンのもとへ駈《か》けより、たがいにだきしめあったことだった。おばあさんは、カスピアンのばあやだったのだ。

## 第十五章

# アスランは宙に扉を創る

アスランを見て、テルマール人兵士たちのほおは、冷えた肉料理のソースのような色になり、ひざはがたがたふるえ、がばっと地面にひれふす者も大勢いた。アスランが味方としてやってきたことを知っている赤こびと族でさえ、ぽかんと口をあけたまつっ立って、なにも言えなかった。ニカブリックの一味だった黒こびと族の何人かは、じりじりと遠ざかっていった。しかし、口をきく動物たちはアスランのまわりに波のようにおしよせ、のどを鳴らしたり、ブヒブヒ、キーキー、ヒヒーンなどとよろこびの声をあげて、しっぽでアスランにじゃれついたり、体をすりよせたり、鼻先で敬意をこめてさわったり、アスランの体の下や脚のあいだを行ったり来たりした。もしみなさんが、子ネコが友だちの大きな犬をまったく信頼してじゃれているようすを見たことがあれば、この動物たちのふるまいがよくわかるだろう。それからピーターが、カスピアンを連れて、動物たちのあいだをかきわけて、前へ進み出た。

「こちらが、カスピアンです」と、ピーターは言った。

カスピアンはひざまずき、アスランの前足にキスをした。

「よく来た、王子よ」と、アスラン。「自分がナルニアの王となるにふさわしいと思うか？」

「ぼくは――思いません。ぼくは、まだ子どもです。」

「よろしい。もし、思うと答えたら、それは、ふさわしくない証《あかし》となっていたところだ。それゆえ、私と王ピーターとのもとに、そなたはナルニアの王となり、ケア・パラベル城主となり、ローン諸島の皇帝となるがよい。そなたの民族がつづくかぎり、そなたとそなたの子孫が王位をつぐのだ。そして、そなたの戴冠式《たいかんしき》――だが、これはなんだ？」

そのとき、奇妙な小さな行進が近づいてきた。十一匹のネズミの行進だ。そのうち六匹は、枝でできた担架でなにかを運んでいるが、その担架は大型地図帳ほどの大きさもない。これほど悲しみにうちひしがれたネズミたちを見た人はいないだろう。どのネズミもどろだらけで――血まみれの者もいて――耳をたらし、ひげをしょぼんと落とし、しっぽを草にひきずり、先頭のネズミは細い笛で悲しげな曲を吹いていた。担架の上に乗っていたのは、しめった毛皮のかたまりのように見えたが、それはリーピチープのなれの果てだった。まだ息はあったが、死にかけており、数えきれない傷を受け、片足はつぶされ、しっぽはちょんぎられ、しっぽの生えていたつけ根に包帯が巻かれていた。

「さあ、ルーシー。」

アスランが声をかけると、ルーシーはすぐにダイヤモンドの瓶を取り出した。リーピチープの傷それぞれに一滴だけあればじゅうぶんだったが、傷があまりにも多かったので、ルーシーが手当てをおえるまで長くて不安な沈黙があった。

やがてネズミの隊長は、担架からとび起きた。その手はすぐに剣の柄《つか》へのび、反対側の手でひげをこねくりまわした。リーピチープは、おじぎをして、するどい声でさけんだ。

「万歳《ばんざい》、アスラン！　光栄なことに——」

ところが、そこで急にとまってしまった。まだ、しっぽがなかったのだ。ルーシーが忘れてしまったのか、それともルーシーの薬は傷は治せても、なくなったものを生やせないのかはわからない。リーピチープは、おじぎをしたときに、しっぽがないと気づいたのだ。それで、バランスをくずしてしまったのかもしれない。リーピチープは右の肩ごしにふり返った。しっぽが見えないので、首をさらに曲げると、肩がまわり、体もまわり、おしりもぐるりとまわってしまって、やっぱり見えなかった。そこで、もう一度、肩ごしに首をひねったのだが、同じことだった。すっかり三回まわったあとで、おそろしい事実に気がついた。

リーピチープはアスランに言った。

「こまりました。まったく面目ございません。このようになさけないありさまで御前に出たこと、おゆるしいただきたい。」

「とても似合っているぞ、小さき者よ。」

「しかしながら、なんとかなりますものでしたら……ひょっとして女王陛下がお手当てをしてくださいましたら……？」

リーピチープはルーシーにおじぎをした。

「だが、しっぽをどうしたいと言うのだ？」アスランがネズミにたずねた。

「陛下。しっぽがなくとも、食べることも寝ることも、わが王さまのために死ぬこともできます。しかし、しっぽというものは、ネズミにとりまして、名誉であり栄光なのでございます。」

「ときどき思うのだが、友よ。おまえは、あまりに名誉のことを考えすぎではないか」と、アスラン。

「最も偉大なる王よ」と、リーピチープ。「失礼ながら、申しあげます。われらネズミには小さい体が与えられました。われらが威厳を守らなければ、だれか（ほんの少し、われらより大きいやつら）がネズミをばかにして、不当なからかいをいたします。ゆえに、だれもその心臓近くにこの剣をぴたりと当てられたくない者は、わがはいがいるところで、ネズミ捕りの罠《わな》だの、罠に仕掛けるトースト・チーズだのロウソクだのの話をしてはならないことを、あえて知らしめるべく努めているのです。いいえ、陛下、どんなにでかいおろか者であろうと、容赦はいたしません！」

ここでリーピチープはウィンブルウェザーをとても厳しくにらみつけたが、この巨人はいつもみんなより一段階おくれているので、足もと付近でなにが話されているのかわからず、なにを言われているのか知らなかった。

「なぜ、きみの仲間たちがそれぞれの剣を抜いているのか、聞いてもよいかな？」と、アスランはたずねた。

「どうか陛下」と言ったのは二匹めのネズミで、名前をピーピチークと言った。「われらは、もし隊長がしっぽなしとなるならば、自分たちのしっぽを切り落とす覚悟なのです。長たるネズミが失った名誉を、われらが身に浴そうなどという恥は、たえがたいものですから。」

「ああ！」アスランが吼えた。「きみたちには、かなわない。すばらしい心の持ち主だ。威厳を重んじるからではない、リーピチープ。たがいに思いやるその心根ゆえだ。さらに言えば、ずっと昔に私が石舞台にしばられていたとき、縄を食いちぎって示してくれたきみたちの親切ゆえにだ。きみたちが口をきくネズミとなったのは、そのときだったのだが、もう忘れてしまっただろうな。きみのしっぽは、もとどおりにしてやろう。」

アスランが話しおえる前に、リーピチープには新しいしっぽが生えていた。それから、アスランの命令により、ピーターはカスピアンをライオン勲位の騎士に叙し、カスピアンはそうして自分が騎士になるとすぐに、トリュフハンターとトランプキンとリーピチープを騎士にしてやった。そして、コルネリウス博士を大法官とし、ずんぐりクマが決闘式部官としての軍務を代々受けつぐことをたしかめた。そして、大きな拍手が起こった。

このあと、テルマール人の兵士たちは浅瀬をわたって、ベルーナの町の牢《ろう》に入れられ、牛肉とビールを与えられた。やじを受けたり、なぐられたりせずに連行されたのだが、テルマール人たちは、森や動物をにくみおそれていたのと同じく、流れる水を毛ぎらいしておそれていたので、川を歩いてわたるときは大さわぎだった。けれども、やっかいなことはこうしておわり、この長い一日のなかでも、とりわけうれしい時間がやってきた。

アスランのすぐ近くにすわっていたルーシーは、天にものぼるような居心地のよさを感じながら、木々はなにをしているのかしらと考えていた。はじめのうちは、木たちは踊っているだけのように思えた。木たちはふたつの輪になって、ひとつの輪は左から右へ、もうひとつの輪は右から左へとゆっくりまわっていた。それからルーシーは、木々がそれぞれの輪の中心にむかって、なにか投げ入れていることに気づいた。長い髪のふさでも切り捨てているようにも見え、指先をばらばらと折って捨てているようにも見えた。指はたくさんあって、痛くないのだろう。なにを投げ入れているにせよ、それが地面に落ちると、小枝やかわいた棒になった。それから、三、四人の赤こびとがマッチ箱を持って前へ出てきて、小枝の山に火をつけた。最初パチパチいっていた枝は、大きな炎をあげ、とうとう夏至祭の前夜に森でするかがり火のように、威勢よく燃えあがった。みんなは、とても大きな輪になって、火をかこんですわった。

つぎに、バッコスとその信女たちとシレノスが、木々の踊りよりずっと激しい踊りを踊りはじめた。たんに楽しくて、きれいな踊りだから踊るのではなく（それもあったが）、これは魔法の豊穣《ほうじょう》の踊りだった。踊り手の手がふれた場所、足がふみおろされた場所から、ごちそうが出てくるのだ。焼いた肉のおいしそうなにおいが森じゅうにたちこめ、小麦のケーキ、オート麦のケーキ、はちみつ、いろいろな色の砂糖や、スープのようにとろりとしたクリーム、きれいな水のようにさらりとしたクリーム、モモ、ネクタリン、ザクロ、ナシ、ブドウ、イチゴ、ラズベリーといったくだものがピラミッドのように山と積まれ、洪水のようにあふれた。それから、ツタで飾られた大きな木のコップやおわんや大杯に入ってワインが出てきた。マルベリー・ジュースのシロップのように濃くて黒いワインもあれば、溶けた赤いゼリーのようなすきとおった赤ワインもあった。それから黄色いワイン、緑のワイン、黄緑のワイン、緑がかった黄色のワインもあった。

けれども、木々たちには、ちがった食事が用意された。モグラのクロッズリー・シャベルとその仲間たちが、あちこちの芝生をひっくり返しているのを見たルーシーは（バッコスがモグラたちに命じたのだった）、木々は土を食べるのだとわかって、ひどくぞっとした。けれども、実際に持ってこられた土を見てみると、それほど嫌な感じはしなかった。まず木々の前に運ばれたのは、よくこえた茶色がかった黒土で、ほとんどチョコレートのようだった。あまりにもチョコレートそっくりだったので、エドマンドは少し味見をしてみたが、ぜんぜんおいしくなかった。こえた黒土で、お客のおなかが少しおさまると、こんどは、サマセット州にあるような、ほとんどピンク色の赤土が出た。このほうが軽くて、あまいのだそうだ。ふつう食後のチーズが出るころには、チョークのような土が出て、それから、選びぬかれた銀色の砂といっしょに細かな砂利にくだかれた絶妙なおかしが出た。あまりワインは飲まなかったが、飲むと、ヒイラギはおしゃべりになった。たいていは、のどがかわくと、雨とつゆがまざったものをごくごく飲んだが、それには森の花々の香りがして、とてもうすい雲のようなあわい味がした。

こうしてアスランは、日がしずみ、星が出てきたあとも、かなり長いことナルニア人たちにごちそうをふるまっていた。今ではずっと熱くなって、それほど音をたてなくなった大きなかがり火は、暗い森のなかで、なにかの合図の火のように光り、おびえたテルマール人たちは遠くからそれを見て、いったいどういう意味だろうとふしぎがった。この宴会でいちばんよかったのは、おわりや解散がなかったことだ。みんなの話し声がだんだん静かになって、ゆっくりになると、ひとり、またひとりと居眠りをはじめ、最後には、だれもが両どなりの友人にはさまれたまま、足をかがり火にむけて、眠りに落ちたのだ。すると、大きな輪はしーんと静まりかえり、ベルーナの浅瀬の小石に水がチャプチャプあたっている音がふたたび聞こえるようになった。けれども一晩じゅう、アスランと月は、うれしそうに、まばたきもせずに、たがいに見つめあっていたのだった。

翌日、使者たち（おもにリスと鳥だった）が国じゅうに送りこまれ、ちりぢりになったテルマール人への布告が伝えられた。もちろん、ベルーナで捕虜となったテルマール人たちも、これを聞いた。それによれば、カスピアンが今や王であり、ナルニアは、口をきく獣《けもの》のものであり、こびとのものでもあり、木の精ドリュアスやフォーンのものであり、人間ばかりでなくほかの生き物のものでもあるということだった。この新しい定めのもとにナルニアにとどまる者はそうしてよいが、そうしたくない者には、アスランが別の住みかを用意するので、そちらへ行きたい者は、五日めの正午までにベルーナの浅瀬にいるアスランと王たちのもとへ来なければならないというお達しだった。これを聞いたテルマール人が頭をかいて考えこんだことは、みなさんも想像がつくだろう。一部のテルマール人たち――おもに若者たちだが――は、カスピアンと同様、古い時代の物語を聞いたことがあり、その時代がもどってきたことをよろこんだ。そうした人たちは、生き物たちとすでに友だちになっており、ナルニアにとどまるつもりだった。けれども、年長者、とくにミラーズのもとでえらい地位にあった人たちは、むくれていて、自分たちの思いどおりにならない国で生きたくないと考えていた。「こんなところで暮らせるか！　とんでもない芸当をする動物だらけじゃないか！　まっぴらだ」と。

「それに、お化けもいる」と、何人かが身ぶるいをしてつけ加えた。「あのドリュアスっていうのは、ほんとはお化けにちがいないぜ。なんかへんだもんな。」人々は疑っていた。「あのこわいライオンだのなんだの、信用するもんか。そのうちに、あの爪を立てて、おれたちにおそいかかるにちがいないや。見てるがいいさ。」新しい住みかを与えようというアスランの申し出も、同じように信用されていなかった。「ライオンの巣におれたちを連れていって、ひとりずつ食おうっていうんだろう」と、ぶつぶつ言うのだ。そしてたがいに話せば話すほど、なおさらムッとして、疑い深くなるのだった。しかし、指定した日には、半分以上のテルマール人がやってきた。

アスランは、空き地のいっぽうのはしに、人の頭よりも高い二本の杭《くい》を、一メートルほどのあいだをあけて立てさせた。三本めの軽い木の杭が、その二本のてっぺんに横にわたされて結ばれ、門のようになった。そこには門しかないので、どこからどこへとつづいているわけではない。この門の前にアスラン自身が立ち、その右にピーターが、左にカスピアンが立った。そのまわりにはスーザンとルーシー、トランプキンとトリュフハンター、コルネリウス卿《きょう》、グレンストーム、リーピチープ、その他がいる。子どもたちと、こびと族は、前はミラーズの城だったけれども今はカスピアンのものとなった城にあった王室の衣装をいろいろ身につけていた。絹や金の布や、切れめのあるそでからちらちら見える雪のように白いリンネルや、銀の鎖帷子《くさりかたびら》や、宝石のついた剣の柄《つか》や、金めっきの兜《かぶと》や、羽根飾りのついた帽子のおかげで、みんなまぶしいばかりの恰好《かっこう》になっていた。獣《けもの》たちでさえ、首のまわりにりっぱな鎖《くさり》をつけていた。けれども、だれの目も、獣や子どもたちにむけられていなかった。アスランの、なでてみたくなるほどゆさゆさとした、りっぱなたてがみの黄金の生きたかがやきがあまりにもすばらしくて、ほかのものは目に入らなくなっていたのだ。空き地の両側に、そのほかのナルニア人たちが立っていた。遠くのはしにテルマール人たちがいた。太陽は明るく照り、細長い旗がそよ風にはためいていた。

「テルマール人たちよ」と、アスラン。「新たな土地を求める者は、わが言葉を聞け。

おまえたちをおまえたち自身の国に送ってやろう。私は知っているが、おまえたちは知らぬ国だ。」

テルマール人たちは、文句を言った。

「ふるさとテルマールのことなど忘れてしまった。どこにあるのかも知らない。どんなところかも知らない。」

「おまえたちは、テルマールからナルニアへ来たのだ」と、アスラン。「だが、そもそも別のところからテルマールへ行ったのだ。おまえたちは、まったくこの世界の者ではない。何世代も前に、英雄王ピーターが属していたのと同じ世界からやってきたのだ。」

これを聞いて、テルマール人の半分が不平を言いだした。

「ほら、ごらん。やっぱりだ。おれたちをこの世から送り出すっていうのは、みな殺しにするってことだ。」

残りの半分は、そり返って、たがいの背中をたたきながら、ささやいた。

「ほら、ごらん。こんなへんてこな、いやらしい、おかしな生き物のいる場所がおれたちの世界であるはずがないって、わかってもよさそうなもんだったぜ。おれたちは、きっと王家の血筋なんだろうよ。」

そして、カスピアンとコルネリウスと子どもたちでさえ、おどろきの表情を顔に浮かべて、アスランを見た。

「静まれ。」

そう言ったアスランの低い声は、ほとんどうなり声に近いものだった。大地が少しゆれたように思われ、森じゅうの生き物はすべて石のようにじっとなった。

「サー・カスピアンよ、きみは知っていたかもしれない。古代の王たちと同じく、きみがアダムの息子であり、アダムの息子たちの世界から来たのでないかぎり、ナルニアのまことの王とはなれないことを。そして、きみはアダムの息子だ。その人間界で何年も前に、人間界の《南の海》と呼ばれていた深い海で、船に乗った海賊たちが嵐にあって、ある島へたどりついた。そこで、海賊ならではの仕事をやった。すなわち、島の男たちを殺し、女たちを妻とし、ヤシの実で酒をつくって、酔っぱらい、ヤシの木かげで眠り、起きてはけんかをし、ときには殺しあったのだ。そうしたあらそいをしているうちに、六人が追われて、女を連れて島の中央へ逃げ、山にのぼり、ほら穴にかくれ住んだ。ところが、そこは、人間界の魔法の場所のひとつであり、こちらの世界と通じている裂け目の場所だったのだ。古い時代には、ふたつの世界を結ぶ裂け目はたくさんあったが、今ではめずらしいものとなった。それは、わずかにのこった裂け目のひとつだった。最後のひとつとは言わない。こうしてそこに入った連中は、裂け目に落ちたというか、あがってきたというか、吸いこまれたというか、とにかく通りぬけて、この世界の、当時はまだだれも住んでいなかったテルマールの国へとやってきたのだ。だが、どうしてそこにだれも住んでいなかったかは、長い話になる。今は語るまい。そしてテルマールで、その子孫が暮らし、力自慢の民族となった。何世代もたって、テルマールに食べ物となる穀物が育たなかったとき、連中はナルニアに攻め入った。ナルニアはそのとき混乱していたが（それも長い話になる）、テルマール人はナルニアを征服して、支配したのだ。今の話、わかったかな、カスピアン王？」

「はい、わかりました」と、カスピアン。「自分がもっとりっぱな生まれであればよかったと思っておりました。」

「おまえは、アダム卿とレイディ・イブの血を引いているのだ」と、アスラン。「それは、どんなにあわれな貧民の頭をもあげさせるにたる名誉であると同時に、この地上でどんなにえらい皇帝も己の人間としての弱さを思い知って肩を落とさしめるほどの恥でもある。それでよしとせよ。」

カスピアンは頭をさげた。

「さあ」と、アスラン。「テルマール人の男たち、女たちよ、そもそもおまえたちの父たちがやってきた、そのもとの人間界にある島へ帰るか？　悪い場所ではない。その島を最初に見つけた海賊たちの種族は絶え、今は住んでいるものがいない。新鮮な水が出るよい井戸があり、めぐみの多い土があり、建物を建てるための木材がとれ、サンゴ礁がある海では魚がとれる。人間界のほかの人がまだ発見していない島だ。裂け目は、おまえたちがそこへ帰るべく今はあいているが、警告しておこう。いったんそこを通りぬけたとたんに、裂け目は永遠に閉じられる。そこを通ってふたつの世界を行き来することは二度とできなくなる。」

しばらく沈黙があった。それから、テルマール人兵士たちのなかから、頑丈そうな、きちんとした男の人が前へ出てきて、言った。

「では、私がその申し出を受けましょう。」

「よくぞ選んだ」と、アスラン。「おまえは最初に手をあげたがゆえに、強い魔法の力がかけられる。むこうの世界でのおまえの将来は明るいぞ。前へ出なさい。」

男の人は、少し青い顔をして、前へ出た。アスランとその宮廷人たちはわきへどき、杭でできたからっぽの門へ男の人が歩けるようにしてやった。

「それをくぐりぬけなさい、わが息子よ。」

アスランは、男の人のほうへ体を曲げると、男の人の鼻に自分の鼻をくっつけた。アスランの息がかかると、男の人の目つきが変わった——おどろいたような、でも、ふしあわせそうではない——まるで、なにかを思い出そうとしているかのようだ。それから、男の人は肩を張って、門をくぐった。

みんなの目が、釘づけになった。三本の杭があって、そのむこうにはナルニアの木々や草や空が見えている。門の杭のあいだを男の人が通っていく――そのときだ。あっという間に、男の人は消えた。すっかり。

空き地の反対側から、テルマール人たちが文句を言いだした。

「うわあ！　あいつ、どうなっちまったんだ？　おれたちを殺す気かよ？　あんなふうには消えたくないぜ。」

そして、ひとりのかしこいテルマール人が言った。

「その杭のむこう側に別世界は見えていない。別世界があると信じさせたいなら、おまえたちのうちのだれかが入ってみたらどうだ？　おまえの味方は全員、杭に近づこうともしないじゃないか。」

すぐにリーピチープが前へ出てきて、おじぎをした。

「私がお役に立てるのであったら、アスラン」と、リーピチープ。「十一匹の部下を連れて、ご命令を受けたとたんに、あの門をくぐっておめにかけましょう。」

「いや、小さき者よ。」

アスランは、そのベルベットのようなやわらかい前足をリーピチープの頭に軽くおいて言った。

「むこうの世界で、人間たちはきみたちにおそろしいことをするだろう。縁日で、きみたちを見世物にするだろう。ほかに行かなければならぬ者たちがいる。」

突然、ピーターがエドマンドとルーシーに言った。

「おいで。ぼくらの時間はここまでだ。」

「どういうこと?」と、エドマンド。

「こっちへ来て。」事態をすっかりのみこんでいるらしいスーザンが言った。「木のうしろへまわるわよ。着替えなきゃ。」

「なにを変えるって?」ルーシーがたずねた。

「服の着替えをするのよ、もちろん」と、スーザン。「こんなの着てたら、イングランドの駅のプラットフォームでばかみたいに見えるでしょ。」

「でも、ぼくらの服は、カスピアンの城にあるよ」と、エドマンド。

「いや、そうじゃない。ここにあるんだ。今朝、荷物として届けられた。ぜんぶ準備できてるんだ。」

ピーターは、森のさらに奥深くへみんなを連れていきながら言った。

「今朝、アスランがピーターとスーザンに話してたのは、このことだったの?」と、ルーシー。

「そう──そのほかのこともね。」ピーターは、とても厳しい顔つきで言った。「今なにもかも話せないけど、スーとぼくはもうナルニアにもどってこないから、アスランはぼくらふたりに言いたいことがあったんだ。」

こまってしまってさけんだ。

「きみたちふたりはだいじょうぶだよ」と、ピーター。「少なくとも、アスランが言ったことから察すると、きみたちがいつかここに帰ってくるってことは、まずまちがいないと思うな。だけど、スーとぼくは、だめなんだ。年をとりすぎたって言うんだ。」

「まあ、ピーター」と、ルーシー。「なんて残念なの。そんなの、ひどすぎない？」

「まあ、しょうがないさ」と、ピーター。「ぼくが思ってたのとは、ずいぶんちがったけどね。きみたちも最後の時が来たら、わかるよ。だけど、急げ、これが服だ。」

王さまの服をぬいで、学校の服（ぬいでからずいぶんたつが）を着て、大勢が集まっているところへもどるのは、妙な具合で、あまりすてきではなかった。いじわるなテルマール人のひとりかふたりが、からかった。しかし、そのほか全員は、万歳とさけび、英雄王ピーター、角笛の女王スーザン、王エドマンド、女王ルーシーをたたえて起立をした。大好きな友だちとの愛情のこもった、そして（ルーシーにとっては）涙、涙のさようならとなった。動物ならではのキスがあり、ずんぐりクマにはぎゅうとだきしめられ、トランプキンとはぎゅっと握手をし、それから、トリュフハンターとは、ひゅんとのびたひげがくすぐったいハグを最後にもう一度した。もちろんカスピアンは、角笛をスーザンに返そうとし、もちろんスーザンは、カスピアンに持っていてほしいと言った。それから、感動的でもあり、つらくもあったのが、ほかならぬアスランとの別れだった。そのあと、ピーターが先頭に立ち、その両肩にスーザンが両手を置き、その両肩にエドマンドが、その両肩にルーシーが、その両肩に先頭のテルマール人が手を置くというふうに長い列になって、みんなは門へと進んでいった。

そして、言い表しがたいことが起こった。というのも、子どもたちは、三つのことを同時に経験したようなのだ。まず、すべてのテルマール人が門をくぐった瞬間に行くことになる、太平洋の島のまぶしい緑と青の世界へとひろがっているほら穴の口が見えた。つぎに見えたのは、ナルニアの空き地、こびとや獣《けもの》たちの顔、アスランの深い目、アナグマのほおの白い筋だった。けれども、三つめに見えたのは、それまでのふたつをすばやくのみこんでしまうもので、いなかの駅の灰色の砂利の多いプラットフォームと、荷物にかこまれたベンチであり、まるでそこからまったく動かなかったかのように四人ともそのベンチにすわっていたのだった。これまで経験してきたことからくらべると、ちょっと平凡で退屈にも思えたが、なつかしい鉄道のにおいや、イングランドのどんよりとした空もようや、これからはじまる新学期を思うと、思いがけず、それなりにすてきと思えたのだった。

「いやあ、なかなかだったね。」ピーターが言った。

「やんなっちゃう！」と、エドマンドが言った。「ぼくの新しい懐中電灯、ナルニアに置いてきちゃったよ。」

# 訳者あとがき

本書は『ライオンと魔女と洋服だんす』につづいて書かれた作品であり、原題 *Prince Caspian: The Return to Narnia*（『カスピアン王子――ふたたびナルニアへ』）の副題が示すとおり、ペベンシー家の四人きょうだいが再びナルニアへ戻っていく話だ。

第一巻から一年経って再びナルニアへ戻ると、ナルニアでは一千年以上が経っていたというところから話がはじまる。第一巻と同様に、ナルニアでは長い時間が経過するのに、イギリスへ戻ってみると、はじまったその時点から少しも時間が経過していない。これは、シェイクスピアも演劇的技法として用いているクロノス（物理的な時間）とカイロス（主観的な時間）の差だとも言えるだろう。クロノスは時計が刻む客観的な時間だが、カイロスは意識された時間経過であり、おもしろいこと、わくわくすることを経験していると、あっという間に過ぎてしまう。ナルニアの世界は物理空間ではなく、意識のなかの空間であって、わくわくする空間であるから、時間（カイロス）があっという間に経過するとも考えられる。そこは神話の世界なので時間は経過しているように見えて実は経過していないと言ってもよい。酒の神バッコスも、サンタクロースも、アスランも、みな神話的人物であるので、年をとらないし死なない。キューピッドが羽根の生えたかわいい幼い男の子のイメージであるのが何百年経とうと変わらないのと同じだ。キューピッドはおじいさんにならない。それゆえ、ナルニアの世界で時(クロノス)の経過を語ることに意味はないとさえ言えよう。

さて、本書はさまざまに読み込むことができるが、訳者が重要と思う三点をここに記しておきたい。まず、前半で、カスピアン王子を救いに、ケア・パラベル城から石舞台まで旅をするが、あまりにも地形が変わってしまっているうえに敵の攻撃もあって、アスランの導きがなければ間に合ってたどりつけない。そのときに、ルーシーだけにアスランが見えるという点が重要な第一点だ。本多《ほんだ》峰《みね》子《こ》氏が論じるように、「これは、ルーシーだけが、常に信仰の眼を開いてアスランを求め、ついて行こうとしていたからである。この眼は、究極の実在たるアスランと真理とに向かって開かれた想像力の洞察眼であり、肉体的な眼に先んじてリアリティーを把握するのである。彼女は理屈を越えてアスランを愛し、従おうとする幼子である」。さらに本多氏は、スーザンについても重要な指摘をする。「スーザンは、ナルニアにやってきた子供たちのなかで、最も躓《つまず》きやすい人物である。彼女はおとなになってナルニアを忘れる。人間世界に戻って数年のうちに、おしゃれや社交に終始する日常生活に夢中になり、アスランやナルニアは架空のものに過ぎなかったと思うようになるのである。ルイスは

『悪魔の手紙』で、現実の生活が、超自然の神を非現実的に感じさせる力を持っていることを指摘しているが、スーザンはその力に流された例である。実際、ギブソン〔E. K. Gibson, *C. S. Lewis, Spinner of Tales* (Christian University Press, 1980), p. 136〕も指摘するように、スーザンは兄弟の中では最も現実的であり、『ライオンと魔女』や『カスピアン王子の角笛』で、寒さや空腹に備えることをまず考えるのは、彼女であった」（本多峰子『天国と真理――C・S・ルイスの見た実在の世界』（新教出版社、一九九五）二五五〜五七ページ）。

ルーシーには見えているのに、他のきょうだいにはアスランが見えないという状況は、ジョージ・マクドナルド著『新訳　星を知らないアイリーン――おひめさまとゴブリンの物語』（角川つばさ文庫）で、アイリーンには見えているおばあちゃまやおばあちゃまの糸が少年カーディーには見えないのと同じだ。作家G・K・チェスタトンは、この『おひめさまとゴブリンの物語』を「私の全存在を変えた書」だと言ったが、ルイスも同様に大きな影響を受けたのである。

ペベンシー家のきょうだいたちが、見えないものは存在しないと言いつつもルーシーのあとについていって救われたように、カーディーも信じないままアイリーンのあとをついていって救われて「信じなかったこと」を謝罪する。サン＝テグジュペリの『星の王子さま』のキツネが「いちばん大切なことは目に見えない」と言うように、真実は心の眼でしか見えない。そのことはシェイクスピアでも語られており、この点は必ずしも信仰と結びつけて考えなくてもよい。物質的な欲望に支配されて目の前にあるものだけを見る生活を送っているかぎり、本当に大切なことが見えなくなるのだ。人生は悲しいかなクロノスに支配されているが、私たちの心はカイロスの世界へ飛翔《ひしょう》することができるのであり、そこで自分が本当に何を求めているのか、自分にとって人生とは何なのかを問う必要がある。

第二点。本書の後半でアスランはほとんど姿を現さなくなる。その代わり、ピーターがミラーズと一騎打ちをするという中世騎士物語のような展開となる。ここにおいて、のちにシェイクスピア学者およびチョーサー学者として名を成すネヴィル・コグヒル(一八九九〜一九八〇)への言及が必要だろう。ルイスは学生時代に英文学のクラスで一緒になったコグヒルについてこう述べている。「クラスで一番頭の回転がはやく学問ができるこの男が、キリスト教徒であり、徹底した超自然主義者であるのを知って衝撃を受けた。……騎士道精神、名誉心、礼節、独立心、気品が漂っていたのである」(C・S・ルイス『喜びのおとずれ』早乙女忠・中村邦生訳、ちくま文庫、二〇〇五、二七九〜八〇ページ)。

騎士道精神、名誉心、礼節、独立心、そして気品。これは「ナルニア国物語」を語る際に外せない要素だ。のちにリーピチープにおいて具現化されるように、騎士道精神はルイスの愛してやまないものであった。騎士道とは、キリスト教の価値観と武道とが融合してできあがったものであり、ルネサンス文学やロマン主義文学のなかでもてはやされた。だが、武器を手にする点に矛盾があり、真にキリスト教の教義には馴《な》染《じ》まない。

裏切りが起こり、ピーターらに危機が迫るとき、森の木々がアスランの力を得てテルマール人らを襲う。この一種のアニミズム思想も、キリスト教とは相容《あいい》れぬところがある。

「ナルニア国物語」の魅力は、キリスト教の教義を伝える一方で、キリスト教と相容れぬ世界をも内包する点にあるように思われる。本書においては、酒の神バッコスが登場するが、これは異教の神であり、頭の固いキリスト教徒読者を憤怒させるに足る要因となっている。マイケル・ウォードによれば、『ライオンと魔女と洋服だんす』にサンタクロースが登場した（そのことでトールキンは激怒した）ように、本書においてバッコスが登場するのであり、バッコスは本書のテーマである戦争、火星（戦の神マルス）、そして祝祭（バッコス祭）と関わっている（Michael Ward, *The Narnia Code* (Tyndale House, 2010)）。このある種の奔放さが、作品のファンタジー性を強める一方で、キリスト教世界からの逸脱をも示していると言えるだろう。

最後に第三点として、本作が第一巻ほどの求心性を持たない理由を示しておこう。

第一巻には、白の魔女というサタンを象徴する超人間的な悪の存在があり、キリストを象徴するアスランが示す絶対的善がそれと対立するという明確な構造があった。ところが、本書に登場する悪党ミラーズは、『ハムレット』のクローディアス王のように、王を殺害して王位を簒奪《さんだつ》し、さらに王子の命をも狙うという一介の人間にすぎない。人間的ドラマとなって、ファンタジー性を担保するシンボル性が薄まっているのだ。

ミラーズが倒されても、世界は冬から春に変わったりしない。そもそもミラーズを倒すのはピーターではなく、ミラーズの部下だった連中だ。しかも、続いて展開するのは（少なくとも私見では聖戦とは思えず）醜い戦争である。アスランによって覚醒《かくせい》させられた自然が敵を追い散らすという筋書きではあるが、自然災害が人間を壊滅させるとも読める。最近の映画化（『ナルニア国物語／第二章：カスピアン王子の角笛』二〇〇八年）においても戦闘シーンは見ていてつらいものがあった。戦いがシンボルとして機能してくれればよいのだが、リアルな戦いとして描かれるとき、その危険性をルーシーの薬のようなファンタジーの要素で曖昧《あいまい》にしてしまうのは罪が重い。戦の最中にアスランが現れて、敵を追い払ってくれれば安堵《あんど》できるが、それでは困ったときの神頼みだ。神は自ら助くる者を助くのであり、自らが神とともにあることを信じて進むしかないから、ピーターはこう言うのだろう――「いつアスランが動くかは、わからない。当然、それはアスランが決めることであって、ぼくらにはわからないからね。

それを待つあいだ、ぼくらは自分たちにできることをやっておくのが、アスランの御《み》心《こころ》に沿うと思う」（本書一九二ページ）。

シェイクスピアの言う「覚悟がすべて」（Readiness is all）である。しかし、そうやって戦争を繰り返してきた愚かな人間の歴史を振り返るにつけ、無意味な流血は避けたいと願わずにいられない。ソペスピアン卿《きょう》の首がピーターによって斬り落とされるとき、血が凍る思いをするのは私だけだろうか。

これに対してリーピチープが細身の剣をふるって騎士道精神を示す態度は立派だし、魅力的だ。その目的は敵を倒すことではなく、自らの生き方を律する厳しさにあるからだ。礼節と気品、そして男気――それが目的であるなら、腰に剣を帯びることにも意味がある。リーピチープ万歳！　ただし、もしリーピチープが結婚したら、奥さんから「馬鹿なことはやめてちょうだい」と叱られるのは必定だけれども。

二〇二〇年五月

河合祥一郎

本書は二〇一八年二月に小社より刊行された角川つばさ文庫（児童向け）を一般向けに加筆修正したうえ、新たに文庫化したものです。
本書には、一部差別的ともとれる表現がふくまれていますが、作者が故人であること、作品が発表された当時の時代背景、文学性や芸術性などを考慮し、原文をそのまま訳して掲載しています。

（編集部）

本文挿絵／ソノムラ

新訳《しんやく》

# ナルニア国《こく》物《もの》語《がたり》2

## カスピアン王子《おうじ》

C・S・ルイス　河合祥一郎《かわいしょういちろう》＝訳

令和2年 8月25日　初版発行
令和6年 10月5日　8版発行

発行者●山下直久

発行●株式会社KADOKAWA
〒102-8177　東京都千代田区富士見2-13-3
電話　0570-002-301（ナビダイヤル）

角川文庫 22299

印刷所●株式会社KADOKAWA
製本所●株式会社KADOKAWA

表紙画●和田三造


ISBN 978-4-04-109249-1　C0197

# 角川文庫発刊に際して

角川源義

第二次世界大戦の敗北は、軍事力の敗北であった以上に、私たちの若い文化力の敗退であった。私たちの文化が戦争に対して如何に無力であり、単なるあだ花に過ぎなかったかを、私たちは身を以て体験し痛感した。西洋近代文化の摂取にとって、明治以後八十年の歳月は決して短かすぎたとは言えない。にもかかわらず、近代文化の伝統を確立し、自由な批判と柔軟な良識に富む文化層として自らを形成することに私たちは失敗して来た。そしてこれは、各層への文化の普及滲透を任務とする出版人の責任でもあった。

一九四五年以来、私たちは再び振出しに戻り、第一歩から踏み出すことを余儀なくされた。これは大きな不幸ではあるが、反面、これまでの混沌・未熟・歪曲の中にあった我が国の文化に秩序と確たる基礎を齎らすためには絶好の機会でもある。角川書店は、このような祖国の文化的危機にあたり、微力をも顧みず再建の礎石たるべき抱負と決意とをもって出発したが、ここに創立以来の念願を果すべく角川文庫を発刊する。これまで刊行されたあらゆる全集叢書文庫類の長所と短所とを検討し、古今東西の不朽の典籍を、良心的編集のもとに、廉価に、そして書架にふさわしい美本として、多くのひとびとに提供しようとする。しかし私たちは徒らに百科全書的な知識のジレッタントを作ることを目的とせず、あくまで祖国の文化に秩序と再建への道を示し、この文庫を角川書店の栄ある事業として、今後永久に継続発展せしめ、学芸と教養との殿堂として大成せんことを期したい。多くの読書子の愛情ある忠言と支持とによって、この希望と抱負とを完遂せしめられんことを願う。

一九四九年五月三日

# ナルニア国物語3巻のお話は…

両親の旅行中、ルーシーとエドマンドは、いとこのユースタスの家に泊まることに。

ふたりが、寝室にかけられた船の絵を見ながら、ナルニアの話をしていると、嫌味でひねくれ者のユースタスが、「また、ありもしないナルニアの話をしてるのか。そんなものを信じるなんて、バカか」と、からかう。けれども、その絵から波があふれだしてきて、三人はおぼれそうになり――気づくと、三人はカスピアン王に助けられ、絵の船の上にいたのだ。

カスピアンは、叔父のミラーズ王に追いはらわれた七人の貴族をさがすために、《東の海》を旅するところだった。リーピチープもいっしょだ。この航海に、ルーシーたちも同行してほしいと言うが……。

ユースタスがとんでもないものに姿を変えたり、すべてを黄金に変える湖を見つけたり、子どもたちの航海は驚きの連続だ。やがて、船は世界の果て《アスランの国》を目指すが、そこにはなにがあるのだろうか。

# 角川文庫海外作品

## 海底二万里 (上)(下)

ジュール・ヴェルヌ
渋谷　豊＝訳

1866年、大西洋に謎の巨大生物が出現した。アメリカ政府の申し出により、アロナックス教授は、召使いのコンセイユとともに怪物を追跡する船に乗り込む。順調な航海も束の間、思わぬ事態が襲いかかる……。

## 動物農場

ジョージ・オーウェル
高畠文夫＝訳

一従軍記者としてスペイン戦線に投じた著者が見たものは、スターリン独裁下の欺瞞に満ちた社会主義の実態であった……寓話に仮託し、怒りをこめて、このソビエト的ファシズムを痛撃する。

## 若草物語

L・M・オルコット
吉田勝江＝訳

舞台はアメリカ南北戦争の頃のニューイングランド。マーチ家の四人姉妹は、従軍牧師として戦場に出かけた父の留守中、優しい母に見守られ、リトル・ウィメン（小さくも立派な婦人たち）として成長してゆく。

## ダークタワー I
ガンスリンガー

スティーヴン・キング
風間賢二＝訳

すべてが奇妙に歪み、変転する世界。この世ならぬ異境で、最後の拳銃使いローランドは、宿敵である黒衣の男を追いつづけていた。途中で不思議な少年ジェイクと出会い、ともに旅を続けるのだが……。

## グッド・オーメンズ (上)(下)

ニール・ゲイマン
テリー・プラチェット
金原瑞人・
石田文子＝訳

黙示録に記されたハルマゲドンを実現すべく、悪魔が、この世を滅ぼすことになる赤ん坊を外交官の一家に生まれた赤ん坊とすり替えた。しかし11年後様子を見に行くと、子どもがいない!? 人類の命運やいかに？